쓸쓸했다가 귀여웠다가

글·그림 김성라

아침달

쓸쓸했다가 귀여웠다가

목차

제 주

여행하는 마음

지금, 여기

창 안에서

섬으로부터

제 주

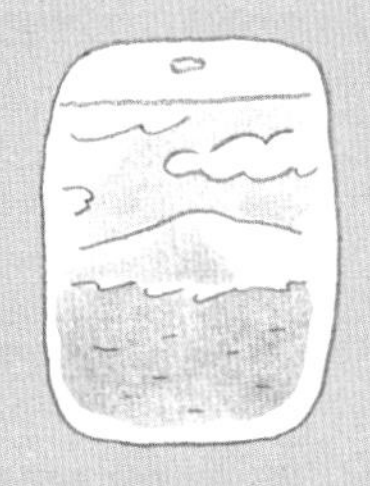

하나둘씩 빛을 내뿜으며
귤의 얼굴처럼
밝아오던 마음을 기억한다.

하늘을 나는 집

친구가 이사하기 전, 친구의 집에서 마지막으로 모이던 날이었다. 그곳은 우리의 오랜 아지트였다.

합정역에서 칠공일일 연두색 버스를 타고 익숙한 정류장에 내리는 것도, 먼저 도착한 친구들의 신발로 가득 찬 현관 끄트머리에 내 신발을 더해 놓는 것도, 배가 출출해질 때쯤 아이스크림 내기를 걸고 가위바위보를 하는 것도 마지막인 날이었다.

우리는 아주 오래전부터 그러기로 약속이나 계획이라도 한 것처럼 '흩어짐'을 앞에 두고 있었다. 우리가 제주를 떠나온 지 8년 정도 흐른 때였다.

모여 앉은 우리는 여기에서의 생활을 돌아보거나 새로운 곳에서의 일을 그려보지는 않았지만 평소보다 맛있는 음식을 조금 더 배불리 먹었다. 그리고 언제나처럼 누구는 소파에 앉고 누구는 바닥에 앉아 TV 채널을 이리저리 돌리기 시작했다. 그러다가 우리의 고향인 제주에 살고 있는 이효리가 출연 중인 예능 프로그램에서 채널을 멈추었다.

포개어 올린 현무암 틈을 시멘트로 메꾸어 벽을 두르고, 지붕엔 슬레이트가 얹어진 돌집은 하늘을 날고 있었다. 하늘의 크기에 비하면 아주 작은 집이었지만 아무리 작다 해도 집이 하늘을 날 수는 없는 것일 텐데 그 집은 깃털처럼 가뿐하게, 제주 바다 위를 날고 있었다. 어디에서나 볼 수 있는 평범한 푸른 바다였지만 그 바다가 제주 바다임을 모두가 알고 있었다. 우리는 하늘을 나는 그 조그만 집의 창문에 모여 서서 바다 멀리 어딘가 같은 곳을 바라보고 있었다.

TV 속 연예인의 멋진 제주 집이 부러웠던 걸까, 앞으로의 생활이 불안했던 걸까. 지난밤 꿈의 의미는 아리송했어도 왠지 포근한 느낌이 드는 꿈이었다.

창문에 기대어 있던 사람이 혼자가 아니라 일을 찾아

강원도로 가는 b, 집을 찾아 제주로 가는 나, 가족을 찾아 김포로 가는 j, 우리 모두가 함께였기 때문이었을까.

이제 막 부스스 일어난 b에게 우리, 작은 돌집을 타고 푸른 바다 위를 날았다고 얘기를 들려주었다.

돌아오다

드라마 〈아마짱〉의 주인공 아키짱은 24년 만에 고향으로 돌아가는 엄마를 따라 할머니가 살고 있는 작은 바닷가 마을로 오게 된다. 이혼의 기로에 서 있는 엄마를 걱정하던 아키짱을 둘러싸고 마을 사람들이 이야기한다. 여기 있는 미스즈상은 연하남과 제주도로 사랑의 도피를 떠났었고 다이키치상과 안베상은 결혼식을 올리고 5개월 만에 이혼했었다며 우리도 모두 이런저런 사정이 있어 여기로 돌아온 사람들이라고, 우리는 엄마와 아키짱을 이해한다고 토닥인다.

어때? 알겠어? 모두들 이런저런 사정이 있다는 거야. 이런저런 사정이 있어서 오늘이 있는 거야. 아키짱의 엄마가 특별한 게 아냐. 모두 여러 사정이 있어서 최종적으로 여기에 돌아오는 거야. 서로 이해하기에 조용히 받아주는 거야.

제주의 사람들, 나무와 바다는 〈아마짱〉 속의 그들처럼 제주로 돌아온 나에게 이것저것 묻지 않았다.

깜깜한 겨울 새벽의 삼나무, 삼나무보다 더 까맣던 오름, 중산간에서 멀리 내려다보이던 점점이 바닷가 집들의 불빛, 귤나무 가지를 그러모아 피워 시린 손을 녹이는 불빛, 인기척을 듣고 창고를 향해 다가오는 거위 거순이의 주황 부리, 어둠에도 새하얀 깃털, 거순이를 품에 안고 쓰다듬는 삼촌의 손길, 후- 후루룩- 국수 그릇을 비우고 일어나 장갑을 끼고 가위를 집어 차가운 바깥으로 향하는 걸음 같은 것들을 말없이 내게 보여주었다.

말이 없는 그것들이 '거기 만둣국이 맛있었지.' 가본 지 오래인 만둣국집을 떠올리게 하고 친구를 찾아가게 하고 다시 연필을 쥐여주었다.

오랜만에 종이를 꺼내 과수원으로 향하면서 보았던 겨

울의 깜깜한 새벽 공기를 먹으로 그렸다. 깜깜함 위에 바닷가 집들의 불빛을 주묵으로 점점이 켜낼 때, 하나둘씩 빛을 내뿜으며 귤의 얼굴처럼 밝아오던 마음을 기억한다.

작업실을 구하다

집으로 돌아와 겨울을 보내고 가장 먼저 한 일은 작업실을 구하는 일이었다.

신구간•이 지난 3월이었지만 캘리그래피 작업을 하는 동생과 함께 여기저기로 찾아 헤맸더니 적당한 자리를 찾을 수 있었다. 집에서 15분 거리, 폭이 좁은 2차선 도로 양옆으로 왕벚나무가 늘어선 길의 서너 평 될까 말까 한 1층 점포였다. 점포는 왼쪽의 건강원과 오른쪽의 보습학원을 이웃하고 맑은 햇빛이 드는 정남향의 창을 가지고 있었다.

창밖으로 봄에는 벚꽃잎을, 초여름엔 새빨간 버찌를, 여름엔 커다란 그늘을, 가을엔 색색의 낙엽을 가진 커다란 벚나무와 마주할 수 있는 것이 마음에 들었다.

오랫동안 비어 있던 공간이라 전기, 바닥, 수도공사를 해야 했고 창문에 붙어 있던 새파란 시트지를 걷어내고 벽은 페인트칠을 다시 했다. 출퇴근을 하기 위해서 자전거도 구입했다.

그렇게 15분을 걷거나, 5분 정도 자전거를 타고 출근한 후에 작업을 하다가 집으로 돌아오는, 별일이 생기려야 생기기 힘든 그 공간과 시간에서도 별일 아닌, 별다르지 않은 일들이 나에게 찾아왔다.

• 신구간　음력 정월 초순경을 전후하여 인간이 사는 지상에 하늘의 신들이 없는 기간을 이르며 이사나 집수리 등을 하는 제주 특유의 세시풍속.

간판 달기

작업실 위에 오래전부터 커다랗게 걸려 있던 새파란 운동화 빨래방 간판이 문제였는데 마침 벚꽃길의 간판 지원 사업으로 간판을 교체할 수 있었다.

작업실 이름을 정하고 디자인한 간판을 에이포 종이에 출력해 자르고는 맞은편 도로로 건너갔다. 종이를 든 사람이 앞에 서고 뒤에 선 사람은 코치하면서 크기와 위치를 정했다. 커다란 벚나무 터널 안에 '이름'을 가진, 조그마한 우리의 작업실이 만들어지고 있었다.

3월 사쿠라

"옛날에 일본에는 이런 노래가 있었어.
삼월 사쿠라 필 듯 말 듯 우리 연애 될 듯 말 듯."

할머니의 이야기처럼
나무가 그저 나무만이 아닌 것이, 나무는 그 어떤 것도 될 수 있다는 것이 다행이지.

그럼 나무가 이렇게 얘기할지도 몰라.

"나는 나일 뿐인데 뭐라는 거야."

맞아.

나무는 어떤 것도 될 수 있지만
나무는 나무일 뿐이라서 좋기도 하다.

모든 이름과 의미에 아랑곳하지 않고
'칭찬도 미움도 받지 않는'*
그냥 나인 채로 '나'가 되어 서 있는 나무.

* 미야자와 겐지의 『비에도 지지 않고』에서 빌려 옴.

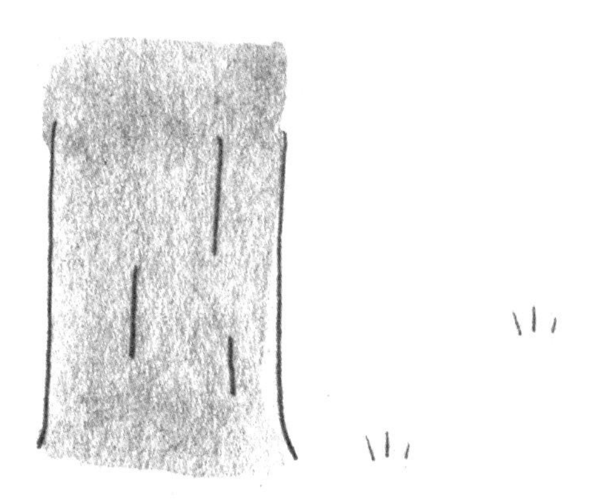

4월의 축제 ①

작업실은 동쪽에서 서쪽으로 1.2km 쭉 뻗은 길을 따라 수령 20~100년의 커다란 왕벚나무들이 늘어선 2차선 도로에 접해 있었다. 이 거리에서는 4월 초의 주말 이틀 동안 차량을 통제하고 벚꽃축제가 열린다. 평소엔 조용한 길이었다가 벚꽃이 피는 시기엔 사람들로 북적거리곤 한다.

벚나무길이 끝나는 곳에 들어서는 먹거리 장터에서는 각종 음식이 판매되지만 규정상 벚나무가 늘어선 거리에서는 판매 행위를 할 수 없는데 길에 접한 점포에서 노점을 꾸리는 것은 허용된다. 그래서 세탁소집 아들은 솜사탕 기계를 꺼내와 솜사탕을 팔고(이틀에 무려 이백만 원 매출!), 정육점에선 스테이크를 먹기 좋게 잘게 잘라 구워내고, 횟집은 가게 앞에 간이 포장마차를 만들어 회를 판다. 거리 끄트머리에선 커다란 천막을 설치하고 부녀회에서 파전이며 막걸리를 판매한다. 뭐라도 팔아 장사가 잘되면 연세• 를 벌 수 있으니 궁리해보라는 동네 사람들의 이야기를 듣고 우리는 꿈에 부풀었다. 3월에 작업실을 구했으니 4월 축제는 금방이었다.

벚꽃 봉오리가 부풀수록 거리의 분위기가 바뀌는 게 느껴졌다. 주민자치위원회에서 차량 통제 동의서에 사인을 받으러 다녀갔고 창문에 시트지가 붙여져 있어 사람이 있는 건지 도통 알 수 없던, 조용했던 점포에서도 낯선 얼굴의 사람들이 하나둘 나와 가게 앞을 정리하며 분주히 움직였다.

벚나무에는 밤의 거리를 밝혀줄 전구들이 걸리기 시작했다.

• 연세 월세 혹은 전세와는 달리 1년치 월세를 한꺼번에 내는 것으로, 제주도만의 독특한 주택 임대차계약 형태.

4월의 축제 ②

프리랜서로 그림을 그리고 글을 쓰는 나의 일은 있다가도 없게 되고 그러면 나의 시간은 없다가도 있게 된다. 그럴 때마다 '나 책방 하면 잘하지 않을까? 아기자기한 것을 좋아하니까 잡화점 하면 재미있을 것 같아.' 하면서 딴생각을 품게 된다.

그렇게 품었던 생각은 축제의 이틀 동안 작업실 앞에 놓인 두 개의 테이블 위에서 책방도 되고, 잡화점도 될 수 있었는데 올해 축제의 콘셉트는 '패밀리 마트'였다.

내가 만든 책, 엄마가 꺾은 고사리, 가죽공예를 하는 후배와 바느질하는 친구가 만든 모자, 가방, 일러스트레이터 친구들이 제작한 엽서, 달력으로 두 개의 테이블이 꽉 찼다.

이건 가죽을 한 땀 한 땀 바느질한 거고, 이 엽서는 제주도 사투리와 함께 옆에 조그맣게 뜻이 적혀 있고, 이 책은 그날 입은 옷을 그려볼 수 있는 책이라 색연필이랑 세트로 구성되어 있다고 이야기하면 멀찍이 서서 테이블을 살피던 사람들이 조금 더 가까이 다가와 들여다보며 지갑을 열었다.

벚꽃축제에는 다양한 연령대의 정말 많은 사람들이 오간다. 테이블로 다가오는 사람들과 눈을 맞추며 이야기를 건네던 것도 잠시, 시간이 조금 흘렀더니 제주말로 정신이 왁왁거렸다(머리가 지끈거렸다). 시간이 흐를수록 핸드폰 카메라의 찰칵찰칵 소리에 지쳐 가고 테이블 앞에 사람이 많은 것도, 아무도 다가오지 않는 것도 고단해졌다. 그렇게 축제 기간의 마지막 날 저녁이 되면 '아, 나는 책방을 하면 괴로울 거야. 잡화점을 해도 재미있지만은 않겠구나.' 하는 깨달음에 다다르게 된다. 피로한 얼굴로 판매대에서 네 걸음 정도 안쪽으로 들어가서는 벚꽃잎이 떨어지며 조금씩 한적해지는 거리를 아쉬운 마음보다는 안도하는 마음으로 바라본다. 언제나 오가는 사람들로 그득한 시장에서

'어서 오세요, 뭐 필요하세요? 잘해드릴게.' 온화하게 얘기를 건네는 사장님들은 얼마나 대단한 것인지.

첫해는 연세는커녕 원가도 못 건졌지만 두 번째 해는 연세의 70퍼센트 매출을 올렸다. 다음 해의 벚꽃이 만개하는 4월을 벚꽃보다는 축제로 기다리며, 패밀리 마트 구성원들 모두 잔뜩 기대하고 있다.

밤이 깊어 좌판도 철수하고 사람들도 집으로 돌아가는 밤 11시쯤이면 누군가 호루라기를 분다. 차량 통제 해제를 알리는 호루라기 소리다. 아직 거리에 남아 있는 사람들은 인도로 올라서고 길 양 끝의 바리게이트가 치워지기 전의 짧은 시간에 자전거에 오른다. 하얗게 피어 있는 밤의 벚꽃을 그제야 올려다 보면서, 텅 빈 도로를 쌩쌩 달려 집으로 향한다.

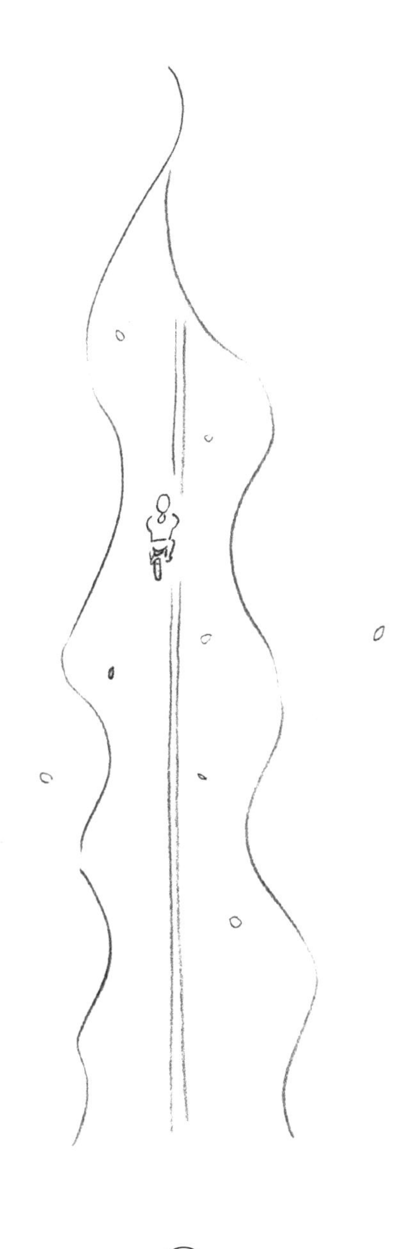

제주

움직일 수 있는 나무

축제는 그간 못보던 사람들을 만나게 해주었다.

연락이 끊겼던 고등학교 동창을 우연히 만났고 서울에서 제주로 내려와 있다는 후배도 작업실로 찾아왔다. "언니, 나는 다시 오니까 너무 좋아." 꽃을 피운 창밖의 벚나무를 뒤로 하고 앉은 후배가 이야기했다. 서울에서 힘든 시간을 보냈다던 얼굴이 이제 편안해 보였다.

우리는 도망쳐 온 것일까.

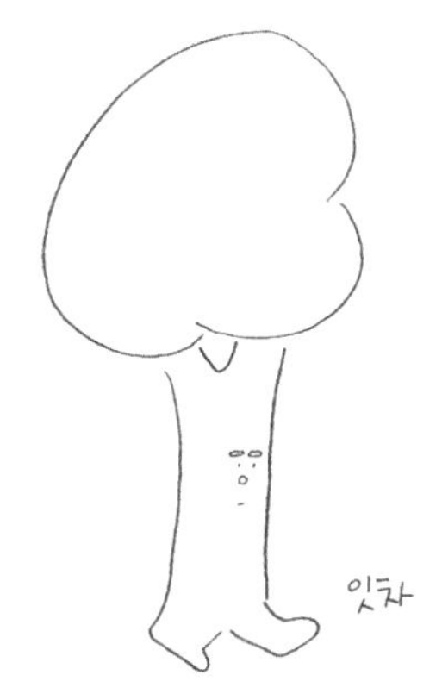

그게 아니라 나에게 맞는 곳을 찾아 움직여 온 것으로 하자.

나무인데 움직일 수 있는 나무처럼. 조금씩 조금씩 움직이다가 '그래, 여기가 딱 좋군.' 하는 생각이 들면 그곳에 뿌리를 내리고선 창밖의 나무들처럼 언젠가 꽃을 피울 수 있을지도 몰라.

꽃이 핀 따듯한 봄날이 스스로를 탓하는 대신 나를, 후배를 토닥이게 해주었다.

위로 갈까 하다가

옆으로 가는 덩굴

전진하는 초록

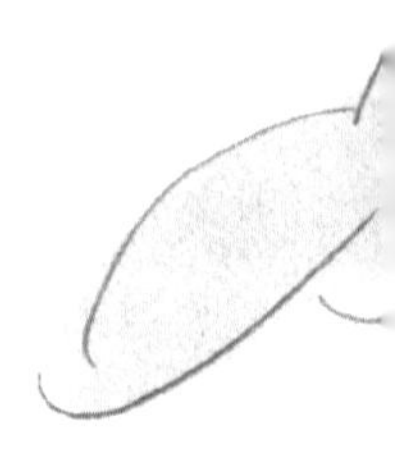

발사되는 초록

하늘 위의 미용실

팔 벌린 전봇대

니은으로 자라는 풀

공터

키가 펜스를 넘어도
풀은 넘치지 않아.

창문

제주의 집값이며 땅값이 오르면서 구도심에서는 주택을 허물고 빌라를 세우는 곳이 많아졌다. 이 집이 공사가 끝나면 저 집이 공사를 했고 오랜만에 들어선 길의 한쪽 편에서도 어김없이 공사하는 집을 볼 수 있었다.

집이 헐리고 평평해진 공사지를 지날 때면 그곳에 서 있던 집에 가려서 보이지 않던 건물의 작은 창문을 보게 된다. 보통은 북향, 서향의 창문으로 새어나오는 불빛과 그 안에서 아른거리는 사람의 그림자는 따뜻해 보이기도 하고 초라해 보이기도 한다.

잠시의 바람과 햇빛을 받고 있는 조그만 창들은 이제 다시 더 높은 건물에 더 깊이 가려질 것이다. 그러면 창문은 다시 가려짐에 안도하게 될까. 아니면 바람과 햇빛을 그리워하게 될까. 생각해보지만 그 창문은 누군가의 어쩔 수 없이 드러나버린 속내 같기도 해서 잠시 흘끔거릴 뿐 나는 다시 가던 길을 간다.

익숙해진다는 것

동네의 이모저모를 알게 되고

어느새 작업실로 가는 교차로의 신호등
초록 불 순서를 알게 되어 가장 빠른 경로를 선택한다.

핫둘핫둘 반짝반짝

작업실 출근길에 포장 전문 김밥집에 들러 우엉김밥을 주문하고 앉아 김밥 마는 모습을 구경했다.

김 위에 밥을 넓고 낮게 올려놓고, 앞에 놓인 미리 손질해놓은 기다란 속 재료 쪽으로 손을 뻗어 하나씩 하나씩 넓고 낮은 밥 위에 올려놓는다. 오른발을 미끄러지듯이 쭉 뻗어 몸의 중심을 오른쪽으로 옮기고, 오른팔도 쭉 뻗어 오른편 끄트머리에 있는 햄과 우엉을 집어낸다.

하나, 단무지, 둘, 시금치, 셋, 햄이랑 우엉

하나둘셋, 하나둘셋, 핫둘셋, 발동작이 꼭 춤을 추는 것만 같다. 그것을 눈으로 좇는데, 발밑의 바닥재가 반질반질 닳아 있다. 핫둘셋, 핫둘셋 반복된 스텝만큼, 기다란 속 재료들이 나란히 놓인 60cm 폭만큼. 핫둘핫둘, 반짝반짝, 핫둘핫둘, 반짝반짝.

김밥을 포장해서 자전거를 타고 작업실로 향한다. 오늘

도 그 자리에서 일찌감치 문을 연 카페, 건강원, 편의점, 인력 사무소, 미용실, 정식집을 지나 핫둘핫둘, 반짝반짝.

나의 똑같은 일상도, 매일 마주하는 종이도 조금은 윤이 날 수 있기를 바라면서.

버찌가 말했다

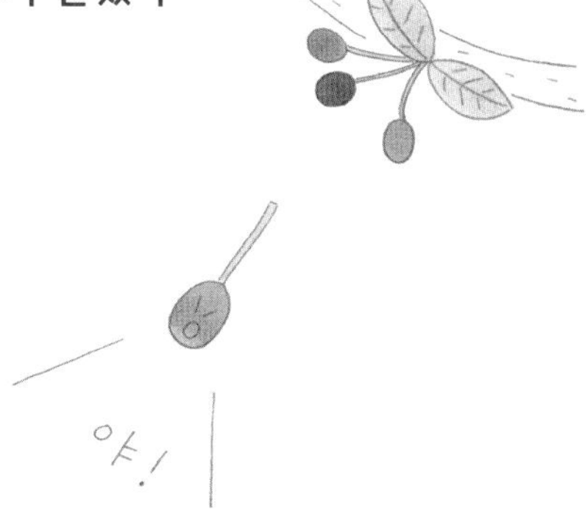

자전거를 타고 내리막길을 빠르게 달리는데 뭔가가 떨어져 내 허벅지를 툭! 때렸다.

마침 벚나무에서 떨어지던 버찌였다.

자전거를 타고 가다 무언가에 부딪히면 물리적으로든 심리적으로든 자전거를 멈추겠지만 나는 그대로 내리막길을 달렸다.

야!

지금은 버찌가 떨어지는 계절이야!

장마를 앞둔 초여름이라고!

버찌가 멀어지는 나에게 소리치고 있었다.

버찌가 말해준다

꽃이 피고 지는 봄이 지나갔음을, 새로운 계절이 왔음을. 그러니까 이제부터 '초여름 요이땅!'이라고 버찌가 말해준다.

새로운 계절의 버찌는 작지만 동그랗고 단단해서 나에게 씩씩한 마음을 준다.

초록으로 짙어진 나뭇잎과 작고 동그랗고 씩씩한 버찌들이 모여 벚나무의 그늘이 커지고 있다.

터진 버찌를 지우는 장마

지지 않고

비를 머금은 바람이 팡팡 불었던 오늘, 얼마 전 공연에서 들었던, '비에도 지지 않고, 바람에도 지지 않고'로 시작하는 이내의 노래 〈비에도 지지 않고〉를 를 반복해서 들었다.

화내지 않으며 늘 조용히 웃고
하루에 현미 네 홉과 된장과 채소를 먹고
잘 보고 듣고 알고 그래서 잊지 않고 (…)
모두에게 멍청이라 불리는
칭찬도 미움도 받지 않는

멜로디가 경쾌해지는 '그러한 사람이 나는 되고 싶다' 구절은 매번 따라 불렀다. 나는 시와 노래를 통해 이야기하는 그러한 사람이 될 수 없겠지만 노래를 따라 부를 때면 어느새 그러한 사람이 되어 마음에 걸리는 것 없이 가볍게 걷는 것만 같았다.

퇴근 버스를 타고 있는 동안 비를 토해낸 바람에 처음 꺼내 입은 크림색 바지랑 신발이 흠뻑 젖고 말았지만 그래도 일단은 지지 않고 무사히, 집에 도착했다.

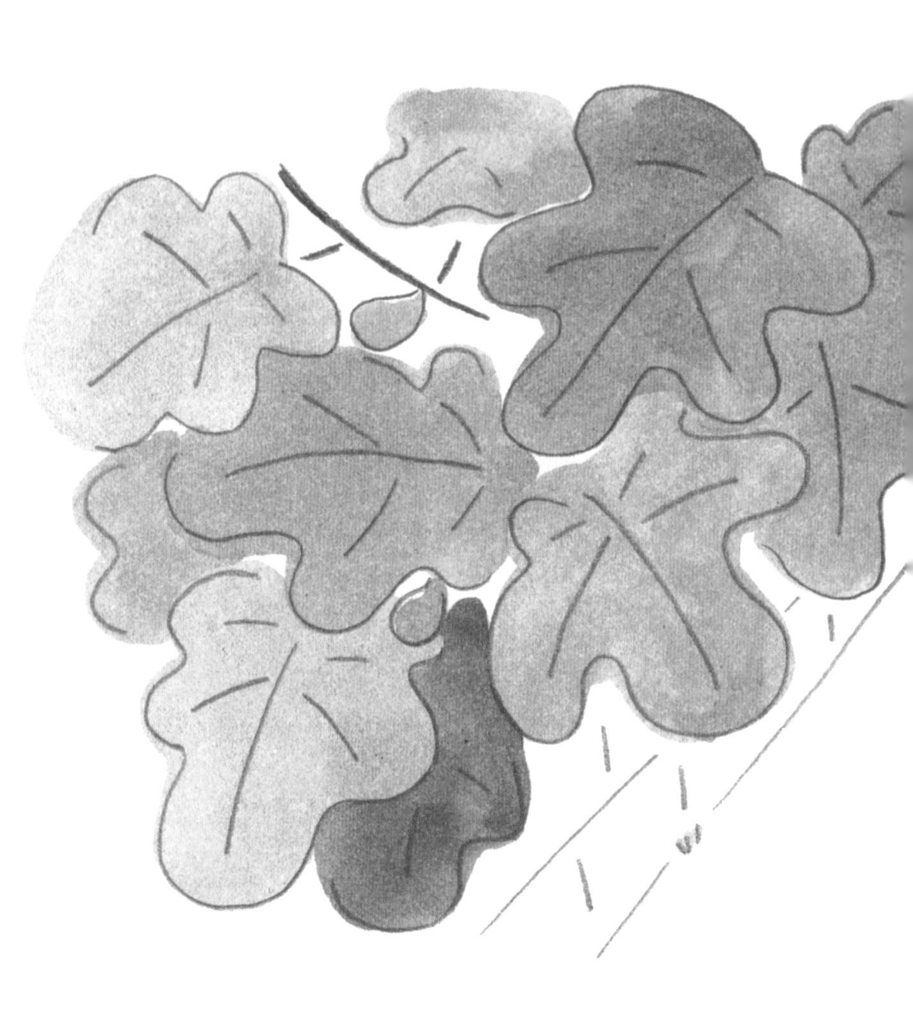

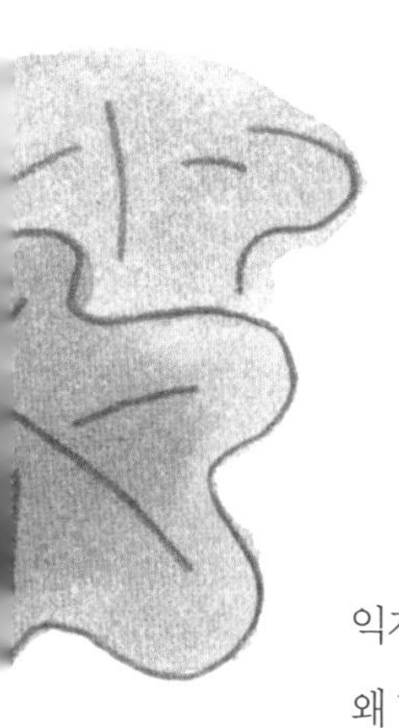

확실한 무화과

익지 않았는데도 무화과 향이 진하게 났다.

왜 너는 유독 확실히 무화과일까.

반짝반짝 초록 불

'오늘도 시작이네' 하는 마음으로 교차로에 서서 초록 불을 기다리던 출근길이었다. 내 앞을 스쳐가는 버스 안 차창에 얼굴을 밀착하다시피 하고 눈을 반짝이는 외국인에게 눈길이 갔다.

'어디서 봤더라….'

그건 언젠가 여행지에서 띠고 있던 내 눈빛이었다. 돌아가더라도 매일 이렇게 반짝이는 눈으로, 여행자의 마음으로 지내야지 했지만 어느새 그곳에서 보았던 (이렇게 좋은 곳에서 어떻게 저렇게 지루한 표정을 하고 있는 거지? 의아했던) 지루하고 심드렁한 현지인의 표정을 하고 있구나.

눈을 반짝이자, 하고 반짝반짝 초록 불을 건넌다.

어디서든 바다가 보이는 건 아니라서

섬에 산다고 어디서든 바다를 볼 수 있는 건 아니었다. 교차로를 건너 작업실로 향할 때면 고개를 북쪽으로 빼꼼히 들어 길 끄트머리에 새끼발톱만큼 보이는 바다를 보곤 했다. 바다는 그렇게 하루 중에 잠깐 보아도 좋은 것이었다.

눈이 내린 다음 날 아침엔 남쪽으로 고개를 돌려 한라산을 올려다보았다. 여기의 눈은 다 녹아내렸지만 저기 높은 곳의 눈은 녹지 않은 채로, 하얀 모자를 쓴 한라산이 나를 내려다보았다.

짙어진다

'깊어진다'는 여름이랑 어울리지 않아.

짙어진다. 여름이.

날씨 이야기

나는 계절이 가고 오는 이야기, 날씨 이야기를 하는 것을 좋아하는데 제주의 날씨는 내륙과 좀처럼 같지 않다. 그래서 내륙의 친구들과 날씨 이야기를 공유하지는 못하지만 달라서 나눌 수 있는 이야기들이 있다.

태풍이 왔을 때가 특히 그렇다.

비가 쏟아지고 바람이 휘몰아치는 태풍의 언저리에 있으면 멀리에서 괜찮으냐 연락이 온다.

어둑해지는 방 안, 비바람이 할퀴는 창문, 창문 틈의 바람 소리, 커다란 자연 앞에 작아지는 나, 태풍이 지나간 다음 날 아침의 맑음과 고요함, 안도하는 마음, 거리의 물웅덩이, 떨어진 야자나무 껍질이며 설익은 열매, 부러진 나뭇가지 같은 태풍의 모든 것을 나는 철없이 좋아하면서도 비바람이 불어서 잠이 잘 안 온다느니, 하며 앓는 소리를 담은 답장을 보낸다.

아주 커다란 무엇인가가 동굴 안에서 울부짖는 것 같은

바람 소리 속에서 잠이 들었다가 깨면 태풍이 늘 그랬듯, 언제 오기라도 했냐는 듯이 비바람은 잦아들어 있어 고요하기까지 하고 하늘은 맑게 개어 있다. 그럼 간밤의 소란은 꿈만 같아서 태풍이 다다른 내륙을 그리는 데엔 커다란 상상력이 필요하다.

어제의 너도 여기를 애써 그려본 것이겠구나. 태풍은 북상하며 많이 약해졌고 방향도 틀었다고 뉴스에서 말해주고 있었지만, 거긴 좀 어떠냐고 괜찮냐고 멀리 있는 너에게 메시지를 보낸다.

태풍이 지나간 다음 날

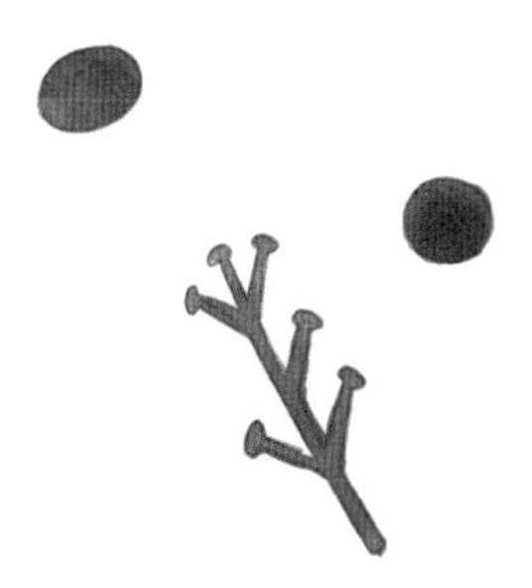

밤의 태풍이 지나가는 바닷가

두 마리 까마귀 같던 우비를 입은 두 사람

아침의 태풍이 지나간 바닷가

손차양을 하고 바닷가를 걷는 사람

'전국'으로 시작하는 일기 예보

아침에 일어나 부스스 눈을 뜨면 가장 먼저 일기 예보를 검색한다. 일기 예보 기사 중에서도 뉴스 끄트머리에 기상 캐스터가 전하는 예보 방송을 그대로 텍스트로 옮겨놓은 기사를 좋아한다. 기사를 클릭하고 뉴스 동영상은 재생하지 않고 아래 적힌 글을 읽는다.

지금 대설주의보가 내려져 있는 이 시간 영암 지역의 CCTV 모습인데요. 지금까지 최고 11cm 가량의 많은 눈이 쏟아진 가운데, 지금도 함박눈이 펑펑 쏟아지고 있는 모습이고요. 도로에도 눈이 쌓이면서 자동차도 서행 운전을 하고 있는 모습입니다.

아침 공기가 어제와는 확연히 다릅니다.

찬 바람이 계속 불어오고 있는데요.

오늘 따뜻한 옷과 함께 우산도 챙기셔야겠습니다.

방콕에는 천둥, 번개가 치겠고, 싱가포르에는 바람이

강하게 불겠습니다. 케이프타운은 비가 내릴 것으로 예상됩니다. 모스크바는 아침 기온 영하 19도, 낮 기온 영하 13도의 혹한 속에 눈이 내리겠습니다. 겨울 폭풍이 불어닥친 워싱턴에도 눈이 올 전망입니다.

보이지 않고 멀리 있지만 어딘가에 실제로 존재하는 그곳은 누군가의 에세이 속이거나 소설 속 인물들이 살아가는 곳 같기도 하다.

일기 예보 중에서도 '전국'으로 시작하는 예보를 좋아한다.

전국 흐리고 장맛비 계속, 전국 구름 많고 흐린 수요일, 전국 대체로 맑음.

거기에서 시작한 눈발이 머지않아 멀리 있는 여기에 도착해 너랑 나 우리 모두 내리는 눈 속에, 장맛비 속에, 컴컴한 구름 아래, 쨍한 햇빛 아래에서 조그만 존재가 되는 것

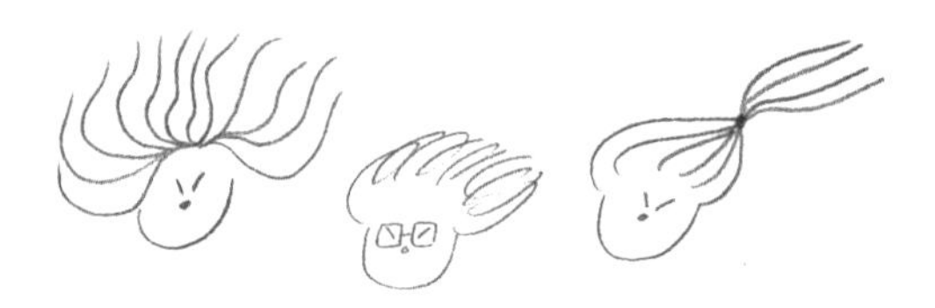

이 좋다.

추울 예정이니 두터운 겉옷을 챙기라거나, 비가 올 것이니 우산을 챙기라는 등, 예보 끄트머리에 전하는 기상 캐스터의 당부는 하루의 시작을 다정하게 한다.

배○○ 캐스터, 지금 비가 내리는 곳이 있죠?

[리포터]

네, 전국 곳곳에 비가 내리고 있습니다.

오늘 아침 나오실 때는 잊지 말고 평소보다 따뜻한 옷차림과 함께 튼튼한 우산 꼭 챙기셔야겠습니다.

다정한 당부는 정확하기도 해서 출근길에 여지없이 비바람이 불어온다.

[리포터]

바닷속에서 헤엄치는 문어 다리처럼 머리카락이 출렁출렁하고 있습니다. 이곳의 바람은 그곳보다 더 집요합니다.

전국의 끄트머리에 있는 이 섬에 모여 굉장한 문어 다리 바람을 맞으며 서로의 드러난 이마를 구경하면 꽤 재미있을 텐데요.

서울의 순한 바람에는 좀처럼 드러나지 않는 이마를, 하지만 여기에서는 하릴없이 드러나버릴 h와 c와 k의 이마를 가만히 상상해보았다.

여 행 하 는 마 음

k는 나에게 "언니, 나는 언니가
귀여운 이야기도 잘하지만 쓸쓸한 이야기를
해보면 좋겠어요."라고 다정하게 말해주었다.

여행의 성향

서울의 친구들이 종종 제주에 다녀갔다. 친구들마다 추구하는 여행의 성향이 달랐는데 k는 서핑이나 등산 같은 체험을 하고 싶어 했고 s는 내내 같은 숙소에 머물면서 근처 바닷가에서 수영을 하다가 동네를 어슬렁거리는 정도의 휴식형 여행을 원했다.

선호하는 식당도 제각각이었다. 사전 정보 없이 간판이나 외관에서 왠지 맛집의 분위기가 풍기는 곳의 문을 열어 우연을 즐기는 친구도 있었고 리얼리티 예능 프로그램에 나온 한 식당에 꼭 가야겠다는 친구도 있었다.

그 식당은 동쪽 숙소에서 버스로 1시간 20분 거리에 있는, 요새 핫한 해변가에 자리잡은 식당이었다. 서울에서 이동 거리 1시간 20분이면 그다지 멀지 않은 느낌이지만 제주에서 그 거리만큼 이동하는 것은 웬만큼 중요한 일이 아니라면 하지 않는, 일상적이지 않은 일이었다. 맛있는 것을 먹는 즐거움이 여행의 1순위인 친구의 기대에 찬 표정을 외면하지 못하고 배차 간격도 길고 이동 거리도 긴 버스를 타고 서쪽으로 출발했다.

버스는 119개의 정류장을 달리고 달려 서쪽 해변에 닿았다. 그 해변은 주말에 두어 사람 정도가 캐치볼을 하던 작은 해변이었지만 지금은 유명 아이돌 그룹의 리더가 오픈한 커다란 카페를 시작으로 크고 작은 식당, 숙소가 자리 잡아 예전의 모습을 찾아볼 수 없는 곳이었다.

거리는 사람들로 북적였다. 카페에 들어가지 못한 사람들이 테이크아웃하고 버려둔 빈 컵들이 해변 곳곳에 오도카니 서 있었다. 역 앞에서 누군가를 기다리는 사람들로 가득한 주말, 홍대입구역 8번 출구의 모습과 닮아 있었다.

다행히 우리가 가려던 식당은 그 해변의 진입로에 있어 주말의 홍대입구역을 거치지 않고 식당에 들어설 수 있었다. TV에 나온 지 얼마 되지 않아 북적일 거라 예상했지만 예약 손님만 받고 있었던 덕분에 홀은 여유가 있었다. 서울에서 비행기를 타기 전부터 미리 예약을 해둔 친구 덕에 우리는 도착하자마자 창가의 빈 테이블에 앉을 수 있었다.

역시 친구가 TV에서 미리 봐둔 메뉴와 같은 메뉴를 고민 없이 주문했다. 지친 몸으로 우리가 거쳐 왔고 앞으로 다시 돌아가야 할 119개의 정류장을 톺아보고 있을 때 주문한 메뉴가 테이블 위에 놓였다.

커다란 접시 가운데에 놓인 한라산 모양의 조형물을 흑돼지 두루치기, 강황 볶음밥, 전복이 둘러싸고 있고, 조형물의 정상(백록담) 위에는 전복이 올려져 있는 모습이었다. 잠시 후 직원이 다가와 테이블에서 조금 물러나 달라고 한 뒤, 백록담을 향해 토치로 불을 내뿜으며 전복을 굽기 시작했다. 불을 붙였다가 떼었다가 다시 불을 붙이면서 전복이 구워지는 그 모습은 마치 다시 화산활동을 시작해 가스가 뿜어져 나오는 한라산 같았다. 전복을 다 굽고 한라산 모양의 뚜껑을 걷어냈더니 그 안에는 돌문어, 뿔소

오오-
와-
어머
어머

라, 딱새우, 홍게, 홍합이 찜 요리로 담겨 있었다.

사진을 찍지 않을 수 없었던 볼거리에 즐거웠음에도 이 가격이면 시장에서 이것저것 사서 푸짐하게 먹을 수 있을 텐데 생각하면서 앞에 놓인 해산물의 개수를 세어보고 있을 때였다.

근처 테이블에선 백록담에 막 불을 붙인 참이었다. 불이 솟구치는 한라산 주위를 둘러싼 네 분의 할머니는 탄성을 지르고 박수를 치며 아이처럼 즐거워하고 있었다.

다시 테이블 위를 찬찬히 훑어보았다. 직접 구운 것 같은 작은 접시 하나에 에메랄드빛 바다와 모래사장이 담겨 있었고 제주의 그 많은 식당 어디에서도 볼 수 없는 메뉴 구성, 테이블 사이 거리를 널찍이 두어 쾌적한 홀 그리고 무엇보다도 맛있는 것을 먹을 때 가장 행복해하는 친구가 나와 시간을 보내기 위해 비행기를 타고 날아와 내 앞에 앉아 있었다.

식사를 마치고 우리는 해변으로 향했다. '홍대입구역의 북적임'을 뚫고 나왔더니 동쪽의 바다와 다른 서쪽의 바다가 우리 앞에 펼쳐졌다.

에메랄드빛 서쪽 바다 앞에 앉아 새로운 것을 경험하기 위해, 둥실둥실 파도 위 카약에 기꺼이 몸을 맡긴 사람들을 바라보았다.

드륵 드륵

하늘 보면
우리가
움직이는 것 같아.

여행의 순간 ①

섬으로 온 친구들이 내가 매일 보고 지나치던 것들을 반짝반짝하는 여행자의 눈으로 바라보는 것이, 영화 대사 같은 말들을 내뱉는 순간이 좋다.

여행의 순간 ②

참깨꽃이 예쁘다는 걸 알게 되었던 날.

여행의 순간 ③

따뜻한 곳에 모여 앉는 일.

거꾸로 걷는 바다

서쪽으로 해가 지는 모습이 아름다웠는데 우리가 가야 할 접짝뼈국집은 동쪽에 있었다.

배도 고프고 해 지는 바다도 보고 싶다.

그럼 우리 거꾸로 걸을까.

해가 지는 서쪽의 저녁 바다를 품에 가득 안은 채로 동쪽의 저녁 밥집을 향해 걸었다.

유채꽃

길을 걷다 소심하게 한 송이 꺾어 내 방 유리병에 꽂아 두었던 유채꽃.

너는 돌아간 지 오래고 마르면서 더 작아지고 더 진해진 꽃잎이 러그 위에서, 책장 사이에서 나타나고 있다.

바람받이 골목

모퉁이를 돌아 바람받이 골목에 들어섰더니
따뜻하고 따뜻한
몸을 많이도 뉘었던, 나의 것이었던
이불이 펴져 있었어.
골목으로 차가운 바람이 불어오고
오늘은 눕고만 싶은 날이라
노곤하고 노곤하고 노곤해져서는.

쓸쓸과 다정

하는 일도 나이도 다른 '기록 모임' 친구들과 만났다. 한국인이라고는 우리뿐이라서, 중국어가 사방에서 물 흐르듯 들려오는 바닷가 양꼬치 집에서였다.

원형 테이블에 앉아 꼬치를 올려놓고, 다 구워진 꼬치는 위로 올리고, 건두부볶음이 좋을까, 여기 오면 수제 혼돈은 꼭 먹어야지, 중얼거리며 한국어에 서툰 사장님과 눈을 맞추면서 메뉴판의 글자를 가리킨 후에 손가락 하나 혹은 둘을 세워 음식을 주문했다.

음식을 기다리는 동안 우리는 둥그런 테이블을 따라 둥글게 돌아가며 서로가 잘하는 것에 대해 이야기를 나누었다. 너는 이야기를 구체적으로 써서 좋더라, 너는 안 좋은 일도 긍정적인 방향으로 잘 풀더라, 하는 식으로.

나는 맞은편에 앉은 평소에 좋아하던, 하지만 그 마음을 두드러지게 표현하지 못한 k의 차례에 k를 바로 보지 못하고 말했다. 너는 일상에서 다정한 순간을 잘 포착해서

그것을 더욱 다정하게 그려낸다고, 그것에 대해 계속 이야기하면 좋겠다고, 그리고 그것들이 억지스럽지 않고 자연스러워 좋다고, 나는 진짜 그렇게 생각한다고 몇 번이고 얘기해서 옆에 앉은 친구들이 지금 고백하는 거냐며 놀리기까지 했다.

k는 나에게 "언니, 나는 언니가 귀여운 이야기도 잘하지만 쓸쓸한 이야기를 해보면 좋겠어요."라고 다정하게 말해주었다. 다정한 아이가 다정하게 말해주어 쓸쓸한 나를 미

뭐라고
적혀 있어?
나
나

워하지 않고 다정히 여기며 쓸 수 있을 것 같은 마음이 퐁퐁 생겨났다.

길은 막다른 길로 이어질 것 같고 앞에 무엇이 있는지 도통 보이지 않는다 생각하며 불안한 마음으로 우리는 걸어가지만 옆에서 뒤에서 같이 걷는 사람에겐 그 사람이 어떤 길을 좋아하는지, 그 길이 어디로 향하는지 단번에 보이기도 한다.

그렇게 '나'는 짓궂은 친구가 내 등 뒤에 붙여놓은 쪽지처럼 내 눈에는 잘 보이지 않아 서로의 등을 보고 이야기해 줄 누군가가 필요하다.

깊은 밤, 양꼬치 집 계산대 위에는 한국어를 공부하는 사장님의 수첩이 놓여 있었다. 사장님은 이곳의 말을 잘할 수 있을까.

우리는 더 다정하고 더 쓸쓸해질 수 있을까, 둥글게 모여 앉아, 그래, 얼마든지 할 수 있을 것만 같은 밤이었다.

ㅓ┘

혼자 보는 '나'는 거꾸로 보인다.

유해한 나와 무독한 깅이, 돌, 풀

썰물에 바다가 저만치 밀려난 모래사장으로 내려갔다. 크기도 색깔도 아직은 투명한 모래알 같은 깅이 새끼를 기어코 집어내 손바닥 위에 올려놓고 이리저리 들여다보았다.

내 등 뒤에서 검은 돌로 위장한 검은 깅이*가 파르르, 부르르, 지켜보고 있겠지. 이 조그맣고 귀여운 애를 어떻게 할 생각은 아니야. 하고 깅이 새끼를 모래 위에 안전하게 내려놓는다.

바닷물이 차갑지 않은 여름의 한가운데다.

등 뒤의 검은 갯바위로 걸어가 돌멩이를 차례차례 뒤집는다. 쉬고 있었을까 자고 있었을까, 돌 아래의 검은 깅이들이 놀라 '샤각샤각' 도망간다. 대부분은 놓치지만 느리거나 운이 좋지 않은 깅이를 한 마리씩 잡아내어 빨간 플라스틱 바구니에 담는다. 집게발을 탁탁거리며 내 손을 물려 하지만 나는 장갑을 꼈는걸.

포기를 모르는 깅이가 바구니 안에서 부글부글 거품을

파르르
부르르

문다. 수직의 벽을 오르고 오르려다 미끄러지고 미끄러진다. 그래도 또 오른다. 어떤 깅이는 다른 깅이 위에 올라서서 허공을 향해 눈을 치켜뜨고 집게발을 높이 올려 든다.

바구니를 들여다보며 '불쌍해, 불쌍해'하면서도 나는 봐주지 않는다. 봐주기는커녕 깅이 마릿수를 살피며 이 정도면 됐을까 좀 부족한 것 같은데. 돌멩이를 더 들춘다.

샤각샤각,

하지만 이제 도망가야 하는 쪽은 나다.

커다랗고 커다란, 깅이들의 보호자, 바다가 더는 봐주지 않겠다고 부글부글 하얀 거품을 물고 다시 이쪽으로 밀려오기 시작했기 때문이다.

● 깅이 '게'를 부르는 제주 방언.

노란 얼음

세로로 알알이 모여 있는 노란 얼음을 냉동실에서 꺼내 전자레인지에 2분 돌린다. 1분은 모자라고 3분은 지나치다.

노란 얼음은 2분 사이에 따뜻한 옥수수가 된다.

따뜻한 옥수수를 가방에 넣고 문을 나선다.

바깥은 4분 돌린 옥수수만큼 지나치다.

버스를 탄다.

차가운 버스에서 내리면 따뜻하다.

2분 돌린 옥수수처럼 적당하다고 느낀다.

정류장에 내려 작업실이 있는 바닷가 방향으로 걷는다.

드르륵. 작업실 문을 열고 커튼을 걷는다.

옥수수를 냉장고에 집어넣는다.

노란 옥수수는 오후의 훌륭한 여름 간식이 되어줄 것이다.

남향의 창으로 맑은 아침 햇빛이 쏟아진다.

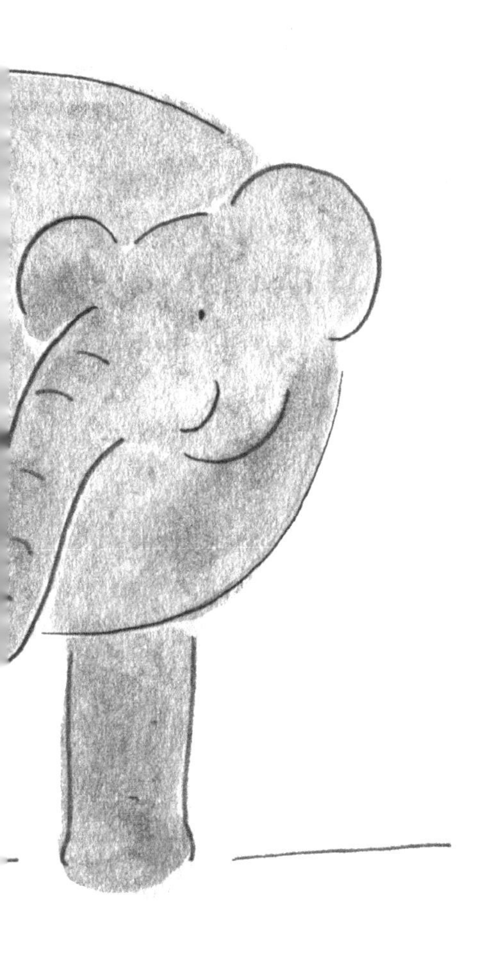

코끼리 다리,

담팔수•

• 담팔수 따뜻한 난대림 지대에서 자라는 나무로 추위에 약해 우리나라에서는 제주도 일대에서만 자람.

퇴근길의 코끼리

도심으로 가는 길

익숙한 길에 닿으려면 처음 타는 버스에 앉아 처음 가는 길을 구불구불 가야 한다.

아무도 서 있을 것 같지 않은 정류장,

그런 정류장에 내리는 사람,

그런 정류장마다 놓인 낡은 나무 의자, 플라스틱 의자 두어 개.

덩굴이 삼킨 나무, 하천.

감귤나무 사이로 보이는 주황색, 파란색 낮은 슬레이트 지붕.

감춰진 좁은 길을 헤치며 구불구불 달리면

춘천집 닭갈비

호호 꽈배기

포레스트 커피 앤 샌드위치

또뜻 육개장

또옵서 순대국

쭉 뻗은 익숙한 길이다.

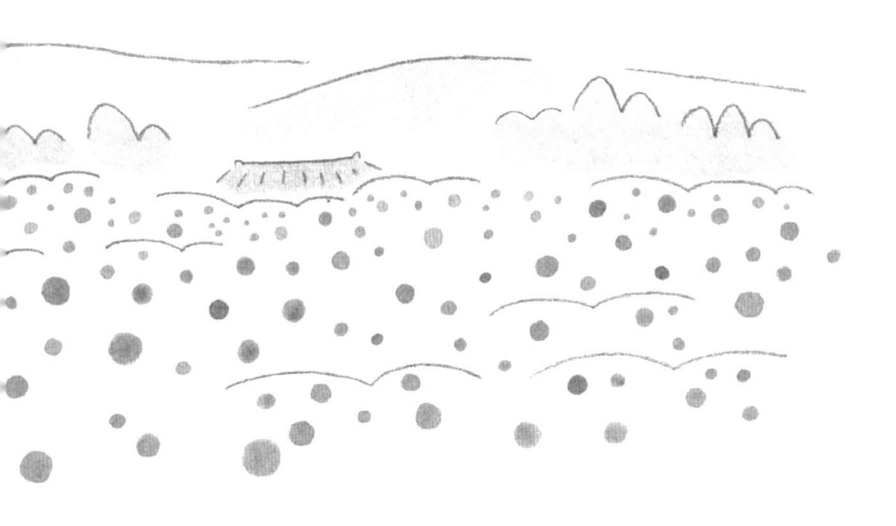

고양이 오거리

나에겐 일방통행

너에겐

삼거리,

오거리

미용실

머리가 상해서
파시시, 부스스하다.
조만간 잘라야 겠어
상한 머리카락은 퍼석해서
살아있는 것 같지 않다.
하지만 상한 머리카락도 살아있고
조금씩 매일 자라나고 있다.
삐죽
삐죽
그렇게 살아있는 것을
잘라내는데도
전혀 아픔을
느끼지 못하는
머리카락은 신기하지.

너도 잘라낼 때
하나도
아프지 않았으려나
전정할 때가 다 된
너는 나를 닮았네
내 머리는 뭐라도 해야겠지만
다듬어지지 않고 불처럼 자란 향나무가 좋다.

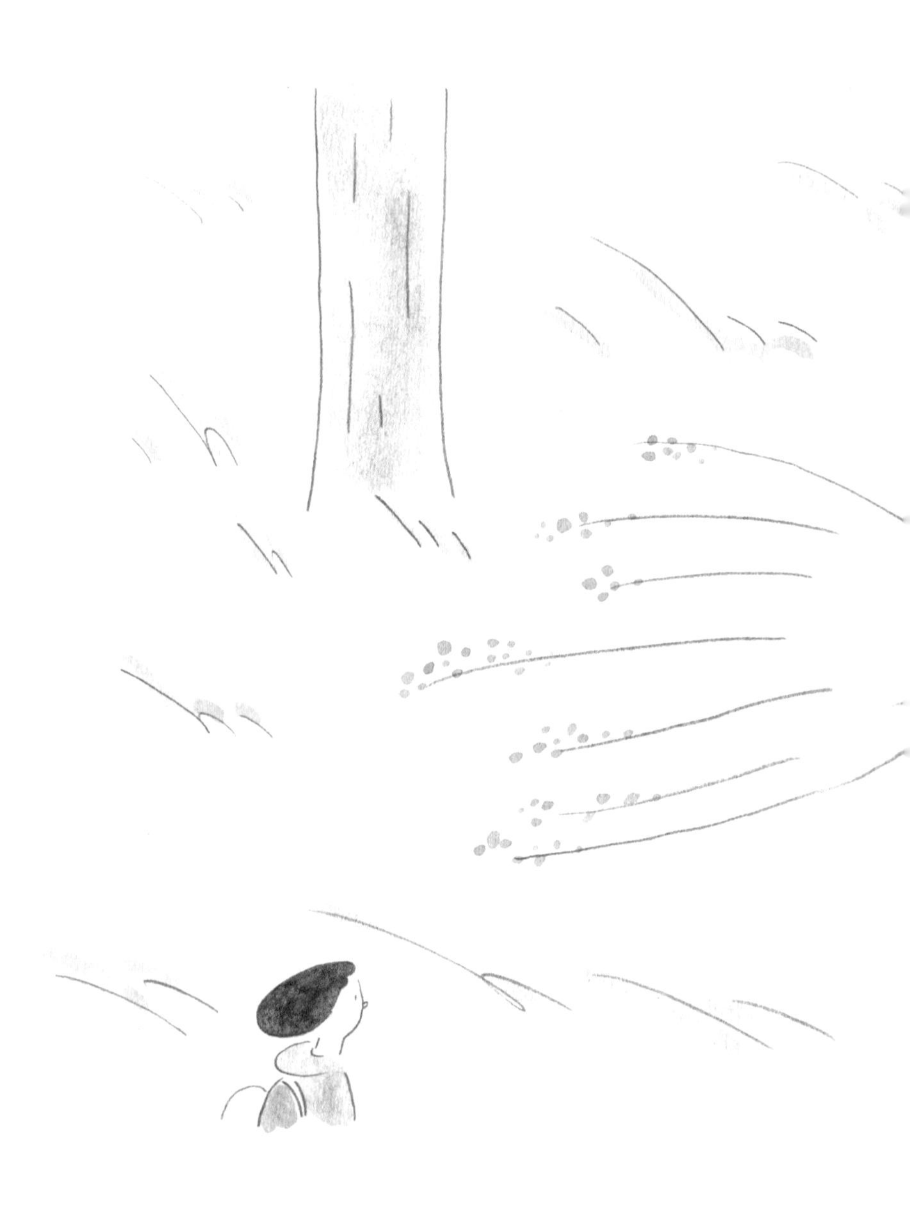

바닷가로 가는 길

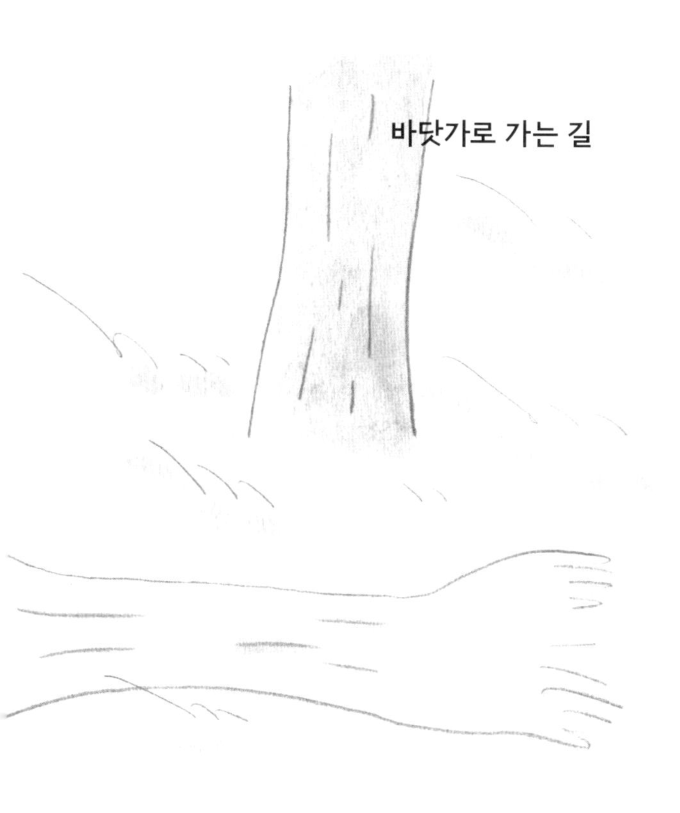

지금 바닷가 쪽으로 걷노라고 별일 없이 전화를 걸었다.

수화기 너머로 들려오는 너의 목소리가 차가웠다.

바닷가로 향하는 길, 뿌리를 드러낸 채 커다란 나무가 가로로 누워 있었다. 쓰러진 것도 모르고 연두색 잎들이 가지 끝에서 맑게 돋아나고 있었다. 비탈을 돌아 마주한 바다에서는 짠내도 나지 않고 파도 소리도 들리지 않았다. 마음을 담지 않고 그린 그림처럼 평평하기만 했다.

우듬지

하늘 가까이 끝없이 뻗어 자란 나무도, 그 나무의 끝에 이름이 있다는 것도, 언젠가 높이 올려다보고 나무의 끝에 이름을 붙여준 이가 있었다는 것도 신기했다. 그 사람은 누군가에게 나무의 끝에 대해 하고 싶은 말이 있었던 사람이었겠지.

뷰티아야자나무

무언가를 종이에 적어 넣어두는 병을 두 개 가지고 있다. 하나는 이루고 싶은 꿈을 적어 넣어두는 아주 작은 항아리이고 (곁에 두면서 잘 숙성시키고 싶은 마음으로 항아리를 골랐다) 하나는 갖고 싶은 것을 적어 넣어두는 유리병이다. 갖고 싶은 것이 생기면 곧장 사지 않고 품명을 종이에 적어 유리병에 넣어뒀다가, 2주 정도 지나 꺼내어 본 후에도 사고 싶으면 산다.

갖고 싶은 것은 너무나 많아 유리병은 뚜껑을 여닫느라 바쁘고 (요새는 유리병의 존재를 잊고 아침에 자고 일어나 정신을 차려보면 병아리콩, 싱잉볼, 초록색 가디건 같은 것들을 사고난 후다) '꿈'은 좀처럼 변하지 않아 항아리는 여닫을 일이 웬만하면 없다.

항아리 안의 종이는 몇 년째 계속 서너 장 정도인데, 그 종이 중에 하나에는 정원을 향한 큰 창으로 눈이 내리는 정원이, 정원의 나무를 내다보고 있는 나의 모습이 그려져 있다. 창밖은 춥고 고요하고 창 안의 나는 따듯해 보인다. 집을 그린 종이가 유리병이 아닌 항아리에 담긴 이유는 집 안에서 밖을 바라보는 내 마음이 고요하고 평화로웠으면 하는 바람이 담겼기 때문이며, 무엇보다 2주 후에 열어 보아도 갖고 싶을 것은 분명하지만 집을 가질 능력이 되지 않기 때문이다.

과일이 열리는 나무를 심은 정원과 그 정원이 내다보이는 큰 창이 있는 집이 나에게 있었으면 좋겠다는 꿈을 가진 지 오래되었다. 현실의 나는 집은커녕 방 하나도 가질 수 없어 상상 속의 큰 창은 그대로인 채 창으로 보이는 나무만 다른 나무로 자꾸 바뀌곤 한다. 5월에 빨간 열매를 따 먹을 수 있는 앵두나무에서 열매도 잎도 아름다운 무화과나무로, 12월이 되면 크리스마스트리가 되어줄 구상나무로.

언젠가 항아리 안에 오래 두었던 종이들을 꺼내어 버린 적이 있었다. 미래를 그려볼 힘도, 그려놓은 미래로 향할 힘도 없을 때였다. (항아리 뚜껑을 열 힘은 있었나 보다.)

한참 동안 그것을 잊고 있다가 어느 날, 뚜껑을 열어보았더니 항아리 안이 텅 비어 있어서 마음이 서늘했었다. 오래 가지고 있던 꿈을 붙들지 않고 버렸던, 약하면서 모질던 내가 원망스러웠다.

길을 걷다가 담벼락 너머로 한 그루 야자나무를 만났다. 나무의 키는 그 집의 빨간 지붕을 넘어서고 폭죽처럼 파란 하늘로 뻗어 나간 잎은 흰색이 많이 섞인 올리브색에, 꽃은 포슬포슬하게 짙은 노란색으로 피어 있었다. 그 조합이 아주 멋졌다. 나무에서 느낄 수 있는 아름다움이 그 한 그루에 다 담겨 있는 것처럼 느껴졌다. '네가 100원짜리 동전을 쥐고 문구점으로 달려가던 꼬꼬마 때부터 여기에 있었는데 너는 나를 이제야 알아봤구나. 봐, 이 집 정원에 있는 나무는 오직 나 한 그루라고. 나 하나면 됐다는 거지.' 하며 젠

체하지도 않고 ‘으 더워, 이놈의 더위’ 하며 더위에 호들갑을 떨지도 않으면서 짙은 노란색 꽃을 여름 내내 피워냈던, 뷰티아야자나무라는 이름을 가진 그 나무를 보려고 일부러 길을 돌아 작업실로 향했었다.

나무 밑에 서서 포슬포슬한 질감의 꽃을 들여다보거나 오묘한 색의 잎이 파란 하늘로 뻗어 나간 모양을 눈으로 따라가보다가 파인애플과 살구, 바닐라 맛이 난다는, 꽃이 진 후에 맺힐 열매의 맛을, 담벼락에 가려 보이지 않는 나무의 밑동을 입속에, 머릿속에 그려보기도 했다.

‘뷰티아야자나무’를 또박또박 적은 종이를 반으로 접어 그것을 새로 마련한 유리병 안에 집어넣었다.

항아리 대신 새로 놓인 유리병에는 ‘지금 좋아하는 것’을 적어 모아둔다. 그 병의 입구는 내 손목이 드나들기에 충분히 넓고 깊이는 그리 깊지 않다. 뷰티아야자나무를 병에 넣으면서 손을 휘휘 저어 다른 종이를 꺼내어 펼쳐본다.

사랑분식 떡볶이, 청소하다 바닥에서 발견하는 프린의 콧수염, 귤이 물러난 제철 과일 자리의 딸기, 5월의 나무에 걸린 연등, 꽃을 사고 걷는 길, 배송 출발 안내 문자, 새 연필과 그 연필이 몽당연필이 되는 것, 카페 단단의 오트라떼, 작은 서점과 큰 서점, 다시 제철 과일 자리에 앉은 귤, 12월에 듣는 재즈, 이소라의 〈Track 3〉… .

긴 호기심, 짧은 호기심

제주의 한 기관에서 하는 제주 돌담 문화 강의를 들었다. 다음 그림책은 제주의 바다 이야기를 하고 싶어 한창 박물관에도 가고 도청에서 하는 해녀에 대한 강의도 듣고 하던 때였다.

아침 10시부터 12시까지 제주 돌담에 대한 이론 수업을 듣고 기관의 구내식당에서 점심을 먹은 후에 대형버스를 타고 해안가를 탐방하는 프로그램이었다. 나는 혼자서 수업에 참여했는데 수업을 듣기 위해 모인 30여 명의 학생들은 거의 나이가 지긋한 분들이었고 나와 비슷한 나이대의 혼자 온 사람 서넛이 드문드문 보였다.

지루하고 졸릴 것이라는 예상과 달리 흥미로웠던 이론 수업을 듣고 중식을 먹은 후에 버스는 서쪽으로 한참을 달렸다. 제주에서 유일하게 돌담이 없는 밭 지대, 유일하게 해안도로가 들어서지 않아 오래된 해안 지형이 그대로 남아 있는 마을, 평평한 해안의 암반 지대를 이용한 돌 염전, 원형이 보존된 포구의 순서로 서쪽에서 다시 동쪽으로 돌아오면서 탐방하는 코스였다.

노년의 부부, 챙이 넓은 모자를 쓴 할머니, 등산복에 백팩을 메고 있는 중년의 사람들이 버스에서 내린 뒤, 검게 그을린 쾌활한 선생님 주위로 오로로 모여 귀를 기울였다. 사람들은 반짝이는 눈으로 수업에 집중하며 새로이 알게 된 사실에 놀라워하고, 그 이유에 대해 궁금해했다.

제주도에서 이제는 해안도로로 못 가는 곳이 없는데 여기는 마을이 해안이랑 딱 붙어 있어서 해안도로를 뚫으려면 도로가 마을을 통과해야 했어요. 그래서 옛날 해안 지형이 그대로 남아 있습니다. 제가 이 길을 두 달 전에 알게 돼서 빨리 얘기하고 싶었는데 얘기를 못 해가지고 잠을 못 잤어요. 근데 이제 잠 잘 오겠네. 허허.

그 길은 큰 바다를 바로 앞에 둔 길가에 흔히 있을 법한 횟집, 카페 하나 없이 아빠의 오래된 앨범 속 흑백사진에서나 볼 법한 호젓한 길이었다.

나는 그 길을 보면서 친구와 자전거를 타고 다시 와서, 길 입구에 있는 오래된 벤치에 앉아 바다를 바라보며 도시락도 까먹고, 길 저쪽 끝까지 자전거로 달려보면 좋겠다고 생각했다. 선생님은 같은 길을 보면서 이제 은퇴한 고고학자 친구에게 술이나 밥을 사주며 측량을 맡기고 조만간 연구를 함께 시작해보고 싶다고 했다.

마지막 탐방지대인 포구로 이동하기 위해서 다시 버스를 향해 발걸음을 서두르는 사람들 사이에서 누군가 일행에게 소곤거렸다.

사람들 참 호기심이 많아요, 그죠? 근데 한 가지를 진득하게 못 해서, 하나를 꾸준히 공부한 사람한테 배우러 다니고. 호호.

버스는 해안가를 달려 낯선 포구 앞에 도착했다.

우리는 지금 섬에 있습니다.

어떤 것에 대해 길고 깊은 호기심을 가지고 그것에 대해 이야기하지 않으면 잠을 못 자는 사람이 이야기를 시작했다. 작은 호기심을 가진 사람들이 귀를 기울이며 그 사람의 주위로 더 촘촘히 오로로, 모여들었다.

작업실 창밖

막 좋은거
여기 빵집 어디꼬?
예수 믿으세요— 던데 여기 뭐하는 데요? 다방인가
주
예수
천국

작업실, 겨울 창밖

작업실, 창 안

슥슥.

종이에 연필을 긋다가

보글보글.

난로 위의 주전자 물을 부어

달콤쌉쌀.

댕유자차를 마신다.

킁킁.

난로의 등유 냄새,

소복소복.

창문을 열어 벚나무에 내려앉는 눈을 바라본다.

주택

금귤나무

늦은 밤, 길을 걷다가 금귤나무를 보았다.

모두가 더워 좀처럼 가만히 들여다보던 이 없던 한여름에 굵은 소금을 뿌린 듯, 하얗게 꽃을 피웠던 나무가 어느덧 열매를 맺고 노랗게 익어가고 있었다.

깜깜한 한밤중에도 늦겨울에도 조금씩, 천천히 제철로 가고 있었다.

네모난 달

나와 목적지가 같은, 어딘가 나와 닮은 아이의 손을 잡고 버스를 탔다. 환승하기 위해 내린 버스터미널의 매표소 창구마다 이제는 이름도 가물가물한 학창 시절의 친구들이 앉아 있었다. 친구들이 입은 유니폼은 그때의 교복처럼 보였고 검은색 뿔테 안경과 단발의 하늘하늘하게 가는, 갈색빛이 도는 머리카락도 아주 오래전 그때 그대로였다.

버스 시간이 다 되었어. 언젠가 이렇게 또 만나자.

인사를 건네고 버스를 타러 가는 잰걸음 중에 올려다본 까만 하늘에 아주 오래된 세탁소 간판이 하얗게 빛나고 있었다. 낡았지만 빛만은 하얗게 새것 같았다.

까만 하늘에서 홀로 빛나는, 오랜 시간을 지나온 간판은 네모난 달처럼 보였다. 아니 그건 분명 달이었다.

닿을 수 없지만 분명히 저기에 있는 것이, 보이지 않다가도 보이고 멀어졌다가도 가까워지는 것이 오래된 시간이랑 달은 닮았구나. 네모난 달을 바라보다가 다시 버스를

향해 빠르게 걸음을 옮기는 중에 나는잠에서 깨었다.

나와 나를 닮은 아이는 목적지에 닿았을까. 달의 네모난 하얀 빛, 아이의 작은 손을 잡았던 감촉, 깊은 밤 여행의 피로 같은 감각만이 남아 아른거렸다.

통화

혹시 망인 중에 ○○○ 있나요?

장례식장에 전화를 걸어 망인을 찾는 아빠의 뒷모습이 작다.

어느새 작아져 있다.

아빠는 작아졌고 유선전화기의 돌돌 말린 선, 보일러 스위치, 장롱 위 빈 공간에 짐을 올려놓고 달았던 하얀 커튼, 바로크 가구의 문갑은 그대로다.

오래된 창으로 보이는 오래된 플라타너스만이 새롭다.

여기저기 전화를 걸어 덤덤하게 부고를 전한 아빠는 옷장을 열어 검은색 양복을 챙겨 입는다.

아빠의 옷장

똑똑.

누구세요.

말수가 적어진,

잠이 늘어난,

세로로 긴 무늬들의 넥타이,

머플러가 가지런히 가지런히.

조용히.

할머니의 귤밭

엄마는 압력밥솥에 밥을 안친 후, 재워 온 양념갈비를 프라이팬에 옮겨 담아 가스레인지에 불을 켰다. 그리고는 과일 가게에서 골라온, 알이 유난히 굵은 딸기랑 포도를 씻어 할머니 방으로 가서 앉았다.

이제 더는 보글보글 파마도 하지 않고, 영양제도 먹지 않으며 '내 강생이' 하지도 않는 할머니. 엄마는 하얀 할머니 머리칼을 손으로 쓸어 넘겼다.

할머니의 귤밭에는 잡초가 무성했다. 수확할 때를 놓쳐 가지에 달린 채 수분이 말라가는 귤의 껍질은 거뭇거뭇하고 스륵스륵 거칠었다. 삼촌, 이모, 엄마, 할머니, 할아버지의 밥이 되고, 소고기가 되고, 종이와 연필이 되었던 귤밭은 이제 조용히 나이가 들었다. 이제 며칠 후면 모두 베어지고 비워질 귤밭에서 엄마는 유독 맛있는 열매를 맺는 나무를 잘도 찾아내었다.

새들이 쪼아 먹은 틈에 남아 있는 귤 몇 개를 따서 주머니에 넣었다. 귤을 주머니 속에서 둥그렇게 쥐고 있다가 자꾸 굴려보았다.

차를 돌려 막 출발하려던 때에 벽에 기대어 앉는 것도 어려워하던 할머니가 뛰다시피 대문 밖으로 나오신다. 할머니 손에는 노란 오만 원짜리가 쥐여 있다.

"어머니, 무사! 어멍 무사 정 햄시니!"

할머니 손에서 지폐를 발견한 엄마가 빨리 가자 재촉하고 할머니는 살짝 열린 차창 틈으로 지폐를 던져 넣는다.

"쪽은 거 강 줘불라!"

재빨리 출발하려는 차의 창문을 잡으려던 할머니가 비틀거린다. 엄마가 차에서 내린다. 이제까지 씩씩하던 엄마는 할머니를 방으로 모셔다 드리고 눈가를 훔치면서 차로 돌아왔다.

둥글둥글, 주머니 속 귤을 까서 먹는다. 수분이 조금 마르긴 했지만 역시 할머니의 귤은 딸기와 포도와 사과, 그리고 귤맛이 나는 신묘한 귤이구나.

둥글둥글,

굴리다 먹는 귤은 더 맛있구나.

그날 오후, 귤나무도, 그 귤나무 사이를 누비던 할머니와 할아버지도 , 바람도, 햇볕도 그 자리에 그대로였다.

둥실둥실

서울에서 오는 막냇삼촌을 기다리면서 장례식이 시작되기 전, 조문객들도 아직은 찾아오지 않고 친척들은 접객실 여기저기 모여 앉아 이야기를 나누거나 멀리 켜진 TV에 시선을 두거나 하는데 그사이에 엄마가 보이지 않는다.

한참 찾아 헤맨 엄마는 분향실 소파에 누워 할머니의 영정 사진을 바라보고 있었다.

엄마 여기서 뭐하맨?

무사? 쉬맨.

신발을 벗고 엄마가 누워 있는 소파 옆으로 포르르 미끄러져 들어갔다.

'어이구, 나 강생이'하며 꼬물대는 강아지를 바라보듯 우리를 귀여운 시선으로 바라볼 때의 미소, 눈웃음이 할머니 사진에 그대로 담겨 있었다.

할머니 사진 잘 나왔네. 엄마는 할아버지보다 할머니 닮았다. 맞지? 얼굴형, 머리숱 풍성한 거랑, 웃을 때 얼굴도.

엄마는 할머니 사진에 시선을 둔 채, 웃음과 슬픔을 머금은 목소리로 나무 밑에서 책만 보던 막냇삼촌, 소를 실은 트럭을 몰아 배를 타고 서울에 가서 소를 팔아 돌아왔던 셋째 삼촌, 말을 더듬는 할아버지를 대신해 할아버지의 말을 전하다가 목소리가 큰 사람이 되어버린 당신의 이야기를 나와 어느새 옆에 와 앉은 동생에게 들려주었다.

동갑내기 스무 살 할머니, 할아버지의 첫째 아이, 아홉 남매의 첫째 딸로 살아온 시간이 엄마에게 파도처럼 밀려오고 있는 듯했다. 끊임없이 밀려오는 물결 위에 둥실둥실 몸이 떠오르는 것만 같았다.

좋고 아름다운 것

엄마, 나 이사 가서 쓸 커피 잔 산.

예쁘네.

엄마 것도 살까?

다 늙엉 무신. 이제부터는 새것 안 사고 있는 거 쓰켜.

이거 엄마 써.

개수도 적고 되서.

엄마 쓰라고 커피 잔 더 사완. 근데 믹스커피 마시기엔 좀 크지.

사오지 말랜 허난 무사 사완. 어지럽게.

말은 그렇게 했지만 엄마는 믹스커피에 물 많이 넣어 마신다고 말하며 웃는다. 저녁에 씻어 건조대에 두었던 찻잔이 다음 날 아침 찬장에 차곡차곡 정리되어 있었다. 가족도 많고 손님을 맞을 일도 많았던 엄마의 찬장이 여러 벌의

그릇으로 그득하다.

다 늙엉 무신, 이제부터는 새것 안 사고 있는 거 쓰겠다는 이야기는 처음엔 거짓말이었지만 익숙해져서 정말 좋아져버린 생선 머리 같은 엄마의 거짓말.

다기 세트에서 가장 우아하고 예쁜 잔을, 풍성한 꽃다

발을, 그 꽃과 어울리는 화병을 엄마는 좋아한다.

엄마가 그저 그런 것, 아끼다 물러져버린 복숭아 같은 것이 아니라 좋고 아름답고 싱싱한 것을 곁에 두고는 쓰고 먹고 보았으면 좋겠다. 엄마는 좋고 아름답고 싱싱한 사람이니까.

엄마의 문자 메시지 ①

갈비 사 왔는데. 저녁 먹으러 올거지.

저녁에 짜장 먹을래. 국수하맨.

푸딩 만들었다.

볶음밥 많이핸.

언제올꺼, 닭볶음.

저녁 뭐 먹을래, 닭, 감자조림.

열무김치 했으니까 가져가라.

요플레 먹으러 와. 빨리 와서 먹고 냉장고 비워야지.

저녁에 삼겹살 삶아먹을거. 먹고싶으면 오든지.

집에 와서 점심 먹을꺼니. 자리물회.

작은 닭 사다 삶으맨. 먹고 싶으면 와라.

옥돔죽있다.

집에 가기 전에 들러라. 쑥버무리했다.

소고기 구워먹게 오잰?

갈비했다. 엄마 마사지도 해주고 오늘 자고 가.

말하는 갈비

엄마의 갈비는 항상 엄마 대신 말을 했었다.

잘 다녀오라고. 힘내라고. 고생했다고.

때로는 웅얼웅얼 알 수 없었지만 따뜻한 온도의 웅얼거림이었다. 나가! 미워! 하는 차가운 갈비는 없었다.

화분

일주일 물을 못 주게 되어서 가방에 넣고 친구에게 데려 가는 길. 뾰족한 잎 끝이 두피를 찔렀다.

일주일 다녀온 사이에 엄청 무성해졌다. 더 아프게 콕콕 찔러댔다.

코코넛수염틸란드시아 맡기러 가는 길.

윤슬

KBS 〈힐링다큐 나무야 나무야〉라는 프로그램에서 40여 년 동안 일기를 꾸준히 쓰고 있는 한 할머니의 이야기를 본 적이 있다. 제주 동백마을에 살고 있는 95세 김갑생 할머니는 40여 년 전, 남편과 사별하고 난 후에 혼자서 칠남매를 키우느라 여러 곳에서 돈을 조금씩 빌려야 했는데 그걸 잊어버리지 않으려고 기록을 시작했다고 했다. '오늘 한 일 한 줄, 일개월 치 서른 줄'이라는 자막과 함께 수북이 쌓인 할머니의 일기장이 화면에 비쳤다.

10월 14일, 동백 2kg 줏고, 바느질하고
10월 20일, 동백 12kg 팔고 96,000원 받고
10월 31일, 수명이내 감자 파러 가옴
11월 3일, 창문이내 감귤 땀
11월 4일, 창문이네 밀감 탐
11월 7일, 인영이네 감자 팜

11월 9일, 비 오고 바람 불고

11월 10일, 현철이네 밀감 타고

1월 1일, 2018년 일기 시작

1월 11일, 마당에 눈이 숩북숩북 왔씀니다. 명자 전화 오난 받고

1월 12일, 오날도 마당에 눈이 너무 많이 왔씀니다

1월 13일, 오날도 명자가 밖에 나가지 맙센 전화 오고

1월 19일, 우엉에 검질 메고

일기는 그저 그날그날 했던 일을 한 줄씩 써놓은 것이었지만 바람이 불거나 눈, 비가 오는 날이 아니면 동백을 줍고, 수명이네, 창문이네, 인영이네, 현철이네 집 감자를 캐고 귤을 따면서 아이들을 키워냈던, 서녁이면 일기장에 그런 하루하루를 적어나갔던 할머니의 지난날이 그려졌다. 며칠 내내 눈이 내리는 하얀 앞마당을 바라보는 어둑한 오

후, 방에 울려퍼지는 전화벨 소리와 수화기 너머 "어머니, 오늘랑 나가지 맙서예!" 당부하는 명자의 다정한 목소리, 오늘 치의 빈칸에 낮에 걸려 왔던 딸의 전화 한 통을 써넣는, 적적한 할머니의 밤도.

말을 하는 것보다 듣는 것을 좋아하는 나는 북토크에서 혼자 이야기를 하고 돌아오면 마음이 며칠은 가라앉는데 그 괴로운 마음을 줄이기 위해 언젠가부터 하는 일이 생겼다. 북토크 끄트머리에 할머니의 한 줄 일기 이야기를 들려주며 참가자에게 종이 한 장씩을 나눠준다. 그들에게 요새 있었던 일 중에 생각나는 일을 문장이나 단어, 그림 등으로 기록하게 한 뒤에 그들의 이야기를 듣는다. 쭈뼛거리던 사람들이 할머니의 한 줄 일기 이야기에 눈을 빛내면서 용기를 내었다. 제일 늦게 연필을 들었던 사람의 사각사각 연필 소리가 멈추면 차례차례 이야기가 시작되었다.

20년 만에 아들과 볼링을 친 사람, 오랜만에 야구장에 갔는데 응원하는 팀이 승리해서 기분이 좋았던 사람, 어제 학교에서 장래 희망을 발표한 사람, 지난밤 혼자서 호캉스를 하고 여기에 왔다는 사람, 곧 부서질 것 같은 조그만 트럭을 타고 연인과 막막하고 깜깜한 밤길을 달렸던 사람들의 이야기가 이어졌다.

타인이 보낸 일상의 한 조각을 들여다봤을 뿐인데도, 그 조각에는 슬픔이나 괴로움이 있는데도 저마다 반짝이는 조각이 모여 이루는 윤슬을 보고 있는 것처럼 마음이 기쁨으로 차올랐다.

이야기를 듣고 나면 그곳의 모두가 알게 된다. 나의 일상도 모두의 일상처럼 평범하면서도 특별하다는 것을. 기록에는 그것을 알게 하는 힘이 있다는 것을.

오늘의 일상을 종이 한 귀퉁이에 그림으로, 글로 남겨 본다.

그것을 남길 때는 모르지만 시간이 지나 들여다보면 나의 일상도 평범하고 특별하다. 종이에 담긴 가늘고 작은 하루하루가 햇빛을 반사하며 반짝반짝, 윤슬을 이루고 있다.

이 기록이 또 다른 기록과 이어지면 언젠가 이야기가 될 수 있을까. 굳이 이야기가 되지 않아도 하루하루를 살아내었다는 기록 그것 그대로도 좋을 것이다.

머무른다는 것

3개월 운동권

화분으로 가득한 베란다

늙지 않는 엄마

마르지 않는 비누

공항 ①

너무 커서
웬만한 건 다
귀여워지는 공항

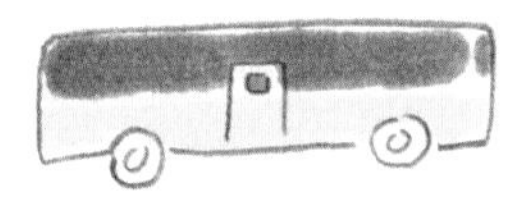

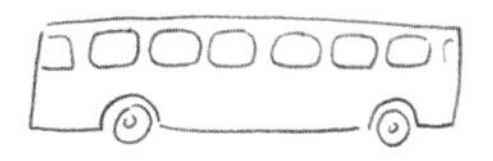

나의 일을 나에게

가네코 미스즈의 시집이 다시 마음속에 쏙 들어왔던 때, 가방 속에 『나와 작은 새와 방울과』를 넣어 비행기에 올랐다. 72페이지를 펼쳐서 「누가 정말로」를 읽고 다시 한 번 읽었다. 나의 일을 나에게 말해주는 이는 누구일지 남의 집 아줌마는 칭찬했지만 왠지 슬며시 웃고 있고, 꽃도, 새도 고개를 갸우뚱하기만 할 뿐.

이제 곧 김포공항에 도착할 예정인 비행기의 커튼을 올려 내다본 창밖에는 낙타, 푸들, 나를 따라온 짱아, 머리만 있는 코끼리 같은 새하얀 구름이 가득했다. 그중 구름 몇몇이 얄미운 표정으로 나에게 이야기했다.

내 알 바 아니지!

당신의 시집을 읽고 구름에게 물어보았더니 그런 건 누구에게 물어볼 수 있는 일이 아니야, 너의 일을 아는 건 너뿐이지! 하고 답하더라고, 멀리멀리 가네코 미스즈에게 얘기를 건네고 싶었다.

지금, 여기

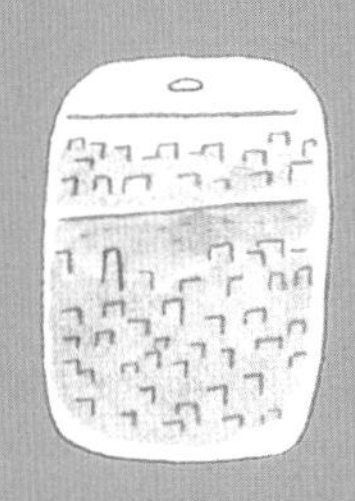

그러거나 말거나
오르는 너의 천진함을,
넘어서는 너의 담대함을 좋아해.

INFOR
뛰어
뛰어

공항 ②

누군가를 살피고 의심하는
눈빛과 걸음걸이의 보안요원,
카트를 정리하는 사람의
고단한 얼굴,
관리직의 흐느적거리는 몸짓.
왜 사람은
그 일에 딱 맞는 얼굴을 하고 있는 걸까.
너무 전형적이라
진부하다는 생각이 들 정도로.

여기에 가만히 앉아
사람들을 바라보고 있는
지금 나의 얼굴은 어떤 것일까.

마중

프린은 꼬리를 축 늘어뜨리고 이쪽으로 오다가

마중을 나와 옆에서 걸으면

꼬리를 퐁 들어 인사한다.

배웅

배웅도 마찬가지.

여기

— 신도시의 끄트머리

밖으로 나가 걷는다.

불어오는 바람이 등에 맺힌 땀을 식혀준다. 끈적함은 남지만 아직은 시원한 초여름이다. 아파트 단지를 지나 양로원과 교회, 천변을 따라 이어지는 산책로를 걷는다. 자꾸 뒤처지는 노인, 손을 맞잡은 네 가족, 어깨를 쭉 펴고 걷는 사람, 팔을 뒤로 하고 허리를 토닥이는 사람, 저기까지 갔다가 다시 돌아오는 자전거 네 대.

내가 지나온 시간, 거쳐 갈 시간과 앞서거니 뒤서거니 걷는다.

조그만 신도시 안에서, 먼저 제주를 떠났던 언니, 고양이 프린과 이쪽저쪽으로 이사를 하며 보낸 시간도 10년도 넘었다. 그사이에 도시는 커져 있었다. 끊겼던 길이 연결되고 연결되어 걸음이 닿을 수 없는 먼 곳까지 이어졌다. 끄트머리였던 여기가 이쪽과 저쪽 도시의 가운데쯤이 되었다. 비어 있던 하늘을 뒤로하고 아파트와 건물 꼭대기가 눈에 걸린다.

뒤로 돌아 다시 도시의 안쪽으로 향한다.

걷는 동안 해가 서쪽으로 성큼 기울었다.

너무 커져버린 여기가 낯설었던 것도 잠시, 나는 어느새 금계국, 토끼풀, 오리, 고양이, 스치는 사람들과 함께 이곳에 비할 수 없이 커다랗고 커다란 초여름의 하늘 아래에 함께 있었다. 모두가 분홍으로 물들어 여름을 환영하고 있었다.

도시의 틈
— 우연한 풀

이제 논밭의 흔적이라곤 찾아볼 수 없을 정도로 높다란 건물과 쇼핑몰로 빽빽한 신도시이지만, 웬일인지 보도블록 사이로 솟아난 풀들은 베어지지 않은 채로 마구 자라난다. 계획도시의 틈에 우연히 피어나 저마다의 모양과 길이로, 이곳을 다시 점령할 것이 분명한 기세로.

강아지풀, 토끼풀, 제비꽃, 망초, 명아주가 둘러싼 네모난 보도블록 한 칸을 바라보다 그곳이 네모진 나의 땅이면 좋겠다 생각한다. 저기 삼나무처럼 자라난 기다란 망초 아래 남쪽으로 창을 낸 작은 돌집을 지었으면, 맑고 순한 볕이 드는 그 집의 마루에 앉아 창밖의 강아지풀, 토끼풀, 제비꽃, 명아주를 올려다보면 좋겠다.

전진하는 초록

중앙차로 틈으로 명아주가 내 키만큼 자라나 있다.

초록은 어디에서나 전진해.

초록이 이겼으면.

사람도,

높다란 건물도 아직은 오르지 못하는 곳을

그러거나 말거나

오르는 너의 천진함을,

넘어서는 너의 담대함을

좋아해.

여름이 되었던 날

맴 맴 맴

올해 여름 첫 매미 소리를 들었다.

자아, 수박 세일! 세일!

들고 갈 수 있는 사람은

들고 가셔!

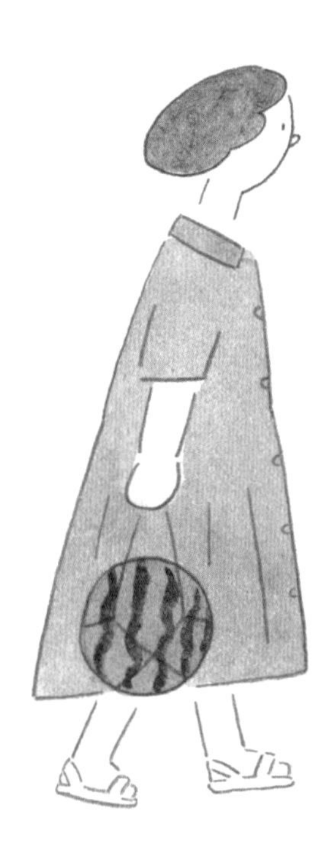

큰비가 오기 전에 ①

큰비가 온다고 해서 싱거워지기 전에 먹으려고 수박을 샀다.

번쩍번쩍
나는 수박을 들어 올리는 사람.

저벅저벅
나는 수박을 들고 갈 수 있는 사람.

와구와구, 촵촵, 투두둑
나는 수박을 먹는 사람.

태풍이 지나간 산

도서관에 책을 빌리러 왔습니다.

1일 100명 제한으로 미리 예약한 도서만 대여할 수 있습니다. 줄이 길었습니다.

소설책 한 권, 그림책 두 권,

돌, 구름, 물, 날씨에 대한 책 네 권을 빌렸습니다.

가방이 무거워졌습니다.

집으로 가는 길에 태풍이 지나간 산이 궁금해서
산을 타고 집으로 돌아가기로 했습니다.

덜 익은 도토리, 풋밤이 가득했습니다.

밤송이 하나를 열어

밤 두 개를 꺼냈습니다.

제법 색과 모양을 갖춘 밤이었습니다.

나무들이 비를 머금고 있는지 습하고 더워 금방 내려왔습니다.

도토리, 밤 채취 금지!!!
그냥 간다.
나쁜 녀석!

가을의 기념품

동글거나 긴, 매끈한 모양에 오돌토돌 모자를 쓴 도토리를 보면 탐이 난다. 작고 둥근 것 두 개, 크고 둥근 것 하나, 작고 긴 것 세 개와 떨어져 있는 모자들 중에 크고 둥근 것 하나에 하나하나 씌워보고 맞는 것을 고르고는 '올가을의 기념품'으로 가져가기로 한다. 이 정도는 괜찮잖아.

동글거나 길고 매끈한 것을 주머니 안에서 은밀하게 만지작거리며 돌아와 선반 위에 올려놓고 눈에 담는다.

가을의 기념품을 잊고 있다 며칠이 지나 들여다보면 도토리는 그사이에 매끈하고 귀여운 빛을 잃은 채다.

그럼 그것을 다시 주머니에 넣어가지고 산책길에 다시 숲으로 휙- 휙-.

못됐다.

가을의 기념품은 무슨, 가을의 욕심이다.

곧 시들거나 떨어질 텐데

풍성한 나무, 길가의 풀들이 머지않아 시들거나 떨어져 내린다고 생각하면 이상하고 벌써 아쉽습니다.

곧 시들거나 떨어질 텐데
며칠 전 나가보니 길가의 풀을 예초기로 베고 있었어요.
풀 냄새가 났고 개미, 콩벌레가 우왕좌왕하고 있었어요.

어차피 베일 풀들이니까 두어 송이 꺾어도 괜찮겠지 하고 노란 풀꽃으로 손을 뻗는 순간에 나비가 꽃 위에 날아와 앉아서 포기했습니다.

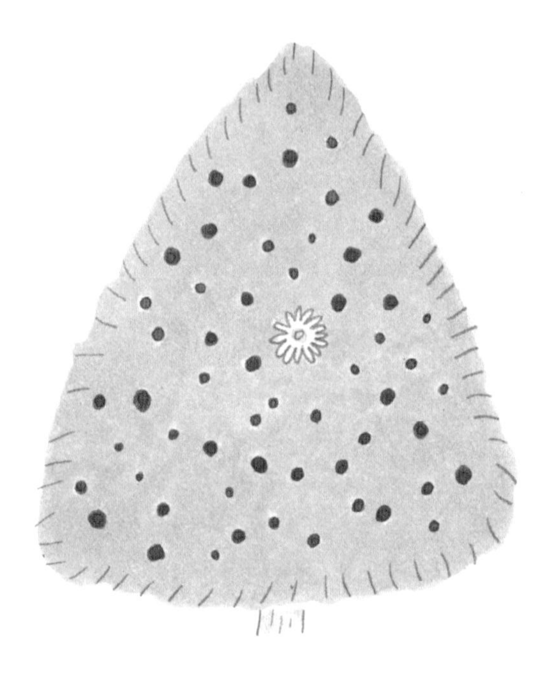

오늘은 베이지 않고 주목 옆에서 살아남은 흰색 풀꽃을 봤습니다.

그렇게 나무의 가까이에서, 안쪽에서 살아남은 풀들이 보였어요.

노란 풀꽃이 있던 화분은 평평해져 있었습니다.

그때 날아왔던 나비랑 우왕좌왕하던 풀벌레는

어디로 갈까 궁금했는데

나름의 대책이 있겠지요.

요새는 이불을 폭 덮고 잠에 듭니다.

1망 주세요.
2망 5천 원인데 하나만?
귤 1망 3,000

가을이 되었던 날

나처럼 여기에 와 있는,

주황, 주황, 주황.

올가을 첫 귤 트럭을 보았다.

오로로 ①

— 가을 공원

모여 앉아 나뭇잎으로 왕관을 만드는 사람들, 노래를 틀어놓고 춤을 추는 사람들, 멀찍이 그 사람들을 보며 팔짱을 끼고 서서 발 스텝만 따라 추는 사람을 보았다.

오로로 ②

— 창경궁

겨울이 되고 싶지 않은 것들

곧 사라지겠다.
가벼워지고 건조해진 풀잎도
바닥에 떨어져 아직 바스러지지 않은 나뭇잎도
막 떨어져 내려 색이 고운 잎도
양지에서 아직은 따스한 햇볕도
다음에 문밖으로 나왔을 땐 사라졌을지도 모르겠어.

너희들 중에 겨울이 되고 싶지 않은 것들이 있다면 저기 숲속 어딘가에 모여 나를 기다렸으면, 겨울 속에서 어리둥절한 나를 부르고 초대해줬으면.

아니야.
시간은 천천히 흐르고
나는 빨리 자라나
누군가가 나를 기다리는 것이 아니라
내가 거기 먼저 도착해 그들을 기다렸으면.

색, 모양

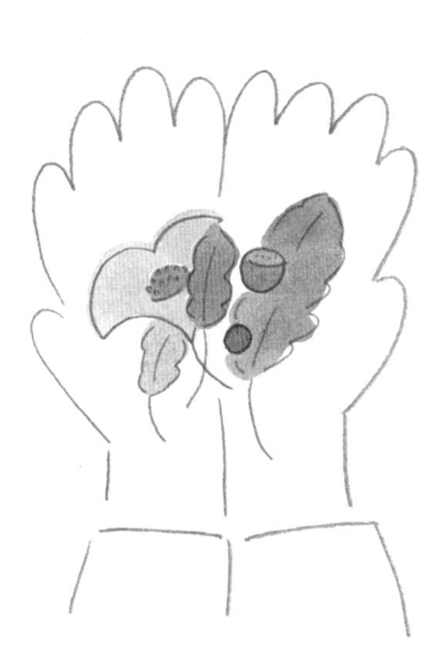

나는 아직 멀었는데
나무는 꼭 쥐고 있던 색이랑 모양을 놓아가고 있다.

나는 조금 더 꼭, 쥐고 있을래.

큰비가 오기 전에 ②

큰비가 온다고 해서 낙엽이 떨어진 길을 바스락바스락, 와그작와그작 걸었다.

은행나무가 나타나 멈추었다.

아이쿠 아이쿠

새벽에 잠에서 깼다. 머리가 무겁고 답답했다.

다시 잠들고 싶지도, 잠에서 깨기도 싫어 가만히 웅크리고 있다가 마음속으로 '아이쿠 아이쿠' 해보았다. 아이쿠 아이쿠 하다 보니까 별것 아니라는 생각이 들었나 보다. 다시 잠으로 스르르 빠져들었다.

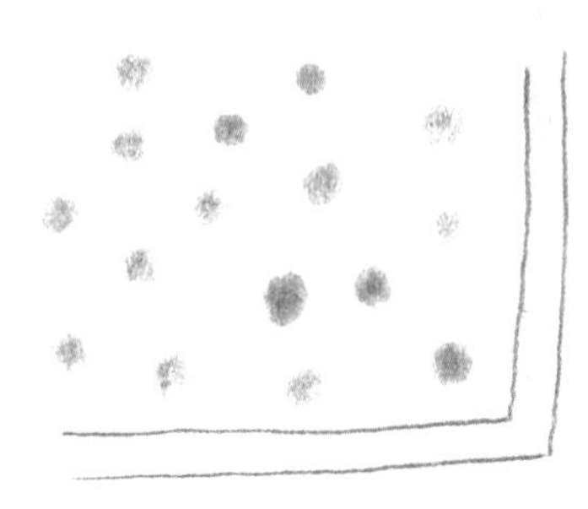

첫눈

수면 안대를 쓰고 자다 아침이 온 줄도 모르고 늦잠을 잤고 첫눈을 못 볼 뻔했다.

대봉감 다섯 개

친구에게서 대봉감 다섯 개를 받았다.

그날 간 식당의 남쪽 창가에도 잘 닦인 대봉감 하나가 햇볕 아래 크리스마스트리처럼 밝고 포근하게 빛나고 있었다. 나에게 대봉감은 어쩐지 촌스러운 것이었는데 우아하고 예뻐 보였다.

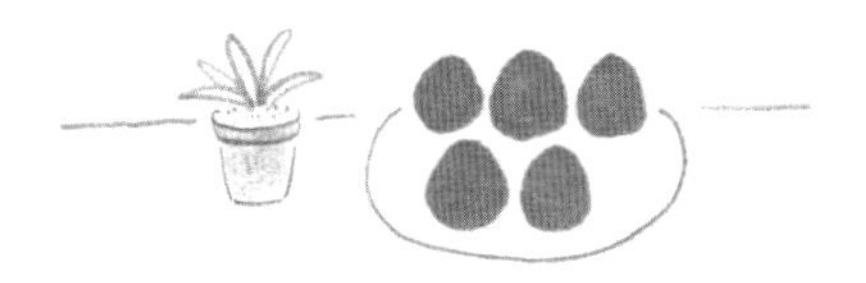

집으로 돌아와 볕 드는 창가에 놓아두었다. 눈길이 닿을 때마다 '예쁨'과 알맞게 익기까지의 '기다림'을 선물받았다고 생각했는데 '맛있음'까지 받은 것이었다.

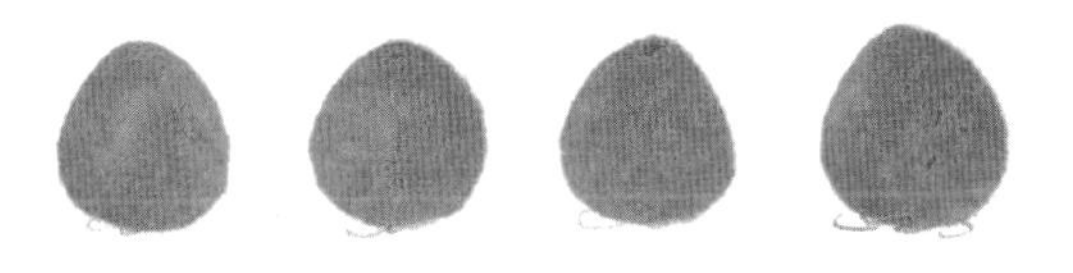

이제 대봉감은 네 개가 남았다.

움직일 수 없는 나무

추운 날이었다. 거리를 걷다가 쇼핑몰 외부에 조성해놓은 제주 팽나무 숲길이 보이길래 반가워 그길로 걸었다. 20여 그루의 나무 사이로 나 있는 10여 미터 되는 짧은 길이었다. 해풍으로 만들어진 팽나무의 구불구불한 수형 덕분에 조경수로 인기가 좋다는 소식이 기사며 TV 뉴스에서 들려오던 때였다. 제주의 소금기를 품은 바닷바람보다 거칠지는 않았지만 송곳처럼 찌르며 살을 에는 듯한 이곳의 공기에 놀라 몸을 뒤틀며 '추워, 추워.' 하는 것 같았다.

목도리와 패딩에 파묻힌 내 어깨가 조그맣게 움츠러들었다.

머리 자른 날

머리가 길어서 잘랐더니

목이 추워 목도리를 샀다.

한파

폭설 뒤에 한파가 며칠째 이어지던 날 아침이었어.

눈을 뜬 채로 죽어버린 고양이들, 몸이 언 채로 나무에 걸려 있는 까치도 있더라는 뉴스를 보고 나서야 네 생각이 났던 거야. 환풍구 뒤에 놓인 조그마한 종이상자 집에 보이지 않던 네가 저쪽 볕이 잘 드는 곳에 누워 있었어.

손을 얹고서, 추웠지. 너는 태연하게 몸을 동그랗게 말아 배를 내보이며 냥! 하고 대답했어. 커다란 차가움보다 내 손의 작은 온기를 믿었다는 듯이. '봐, 너는 나를 잊지 않았잖아. 나를 다시 찾아왔잖아.'라고 하는 듯이.

너의 등에 얹은 내 손이 너의 온기로 따뜻해졌어.

미움을 가진 커다란 것보다 사랑을 품은 작은 것이 되고 싶어. 그러면 너처럼 죽음 같은 추위도, 어떤 것도 무서워하지 않을 수 있을까. 커다란 온기보다 잠깐의 차가움과 미움을 믿어버리는 나는 작고 작은 네 앞에서 더 작아지고 말았던 거야.

마주 앉아 이야기하는 것보다

말이 없는 나를 대신해 무언가에 대해 계속 이야기하는 그 사람의 입술이 조금 마른 것 같아 보여 밖으로 나가 걷자 했다.

우리는 천변 쪽으로 걷기 시작했다. 눈발이 조금 날리는 날이었다. 말이 채우던 시간이 코를 훌쩍이는 소리, 발걸음 소리로 채워졌다. 마주 앉아 이야기하는 것보다 걸으면서 이야기하는 것을 더 좋아한다.

치킨집 창문에 손으로 써 붙인 아귀찜, 김치찌개 앞에 잠시 멈춰 서고 눈발이 날리면 눈 오는 날에 대해 이야기하고 너무 높아 부러질 것 같은 아파트의 층수를 둘 넷 여섯 여덟 열 세어보다가 마른 잎은 왜 아직 나무에서 떨어지지 않았는지, 물 위에 모여 앉아 잠을 자는 오리는 춥지 않은지 궁금해하면서.

조그만 의자

아주 멀리에 있던 당신이 곁에 와 있었습니다. 당신의 얼굴이 수척합니다.

우리는 침대에 누워 창 너머로 해가 기우는 모습을 구경했습니다. 대교의 아치 밑으로 금빛 물결 위에서 보트를 타는 사람들과 멀리 비행기가 떨어지는 모습을 바라보며 무서워했습니다.

우리는 어느새 한 바닷가 식당에 앉아 음식을 주문했습니다. 음식을 기다리며 마주 앉은 당신의 손을 바라보았습니다.

손톱 끝이 까만 것이 이상해 당신의 손을 잡고 들여다보았습니다. 손이 차가웠던 건 늘 나였고 손을 데워주던 건 늘 당신이었는데 이번엔 내가 당신의 손을 데워주었습니다.

해가 지고 침대에서 내려온 우리는 TV를 보면서 고구마 줄기를 야무지고도, 다정하게 다듬었습니다.

바깥이 깜깜해지고 우리는 북쪽 창가에 기대어 도시를 내려다보았지요. 창밖으로 겨울의 축제가 시작되고 있었습니다.

아이스 링크와 축구장은 조명과 음악을 켜놓고 도시에 축제의 시작을 알리고 있었습니다. 깜깜함 중에 하얗게 빛나는 아이스 링크 위에서 색색의 사람들이 아름답게 움직였습니다.

우리가 그 모습을 바라보고 있는 것이 나는 좋았습니다.

밤이 깊어지고 내 옆의 당신은 어느새 조그만 의자가 되어 덩그러니 사물로 남았습니다.

오늘 아침 눈을 떴을 때 겨울의 축제는 끝난 지 오래이고 창밖은 벚꽃으로 환합니다. 하얗게 빛나는 꽃그늘 위로 사람들이 다시 아름답게 움직이고 당신은 어젯밤 꿈속의 작은 의자처럼 이 방에서 이런저런 사물로 남아 있습니다.

나는 어젯밤, 내가 당신의 차가운 손을 데워주었다는 것에 안도를 느낍니다.

목련

어떤 것에 대한 애정은 그것이 다가오기 전이나 마주하고 있을 때보다 사라진 직후에 커지던데, 올해 목련도 그랬다. 지고 난 후에 그리워하다가 아파트 뒤편 그늘에서 다시 나타난 목련을 찬찬히 올려다보았다.

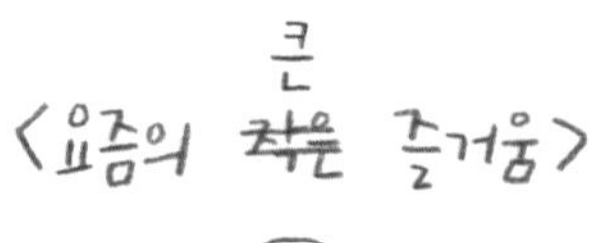

귤을 먹고

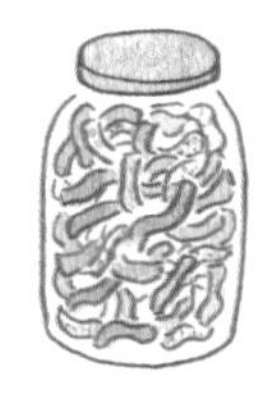

귤껍질을 말려

귤피차를
마신다.

〈요즘의 취미〉

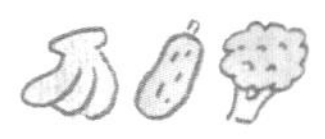

요새 동네 마트 전단지 보는
취미가 생겼다.

목요일엔
바나나를
사러 가고

금요일엔
애호박

오늘은
호빵이 없다.

찬 바람이
싸늘하게
두 뺨을 스치며언
따스하던 —

어린이를 그리기

길에서 어린이를 만난다. 모르는 어린이에게 다가가 말을 거는 어른은 대부분 수상하게 여겨지므로 내가 길에서 만나는 어린이는 어린이가 떠나간 후의 '흔적'이다.

'태어난 지 얼마 안 된 아기새의 무덤 ㅜ.ㅜ 다음 생엔 꼭! 건강해야해~ ㅜ.ㅜ 양심 있는 사람은 이 무덤 부시지 말 것!'

네임펜으로 비문을 적은 아기새의 네모난 붉은 벽돌 묘비, 바람에 빙글빙글 반짝이며 돌아가는 분홍색 셀로판지 바람개비가 달린 킥보드, 그리고 솔잎, 색색의 낙엽, 산수유, 꽃사과 열매, 토끼풀 꽃으로 파전인지 케이크인지 모를 것을 차려놓은 한바탕 소꿉놀이의 흔적, 돌멩이를 동그랗게 빙 두르고 나뭇가지를 세로로 세워 만든 그럴싸한 아주 작은 텐트, 버려진 흰색 서랍장에 가득히 붙어서 서로 친구도 되고 이야기도 만들고 있는 반짝이는, 복어, 수달, 공주, 로보카 폴리, 뽀로로 스티커들.

길에서 어린이를 마주칠 때면 떠올린다.

꼬물거리는 생명에 품었던 작은 마음, 그것을 떠나보내야 했을 때의 마음, 풍랑 이는 바다를 헤치고 나아가는 커다란 배(솜 쿠션), 그 배가 힘겹게 닿았던 섬(스탠드 옷걸이), 꽃잎도 싸고 진흙도 싸서 돌 식탁 위에 올려놓았던 깻잎(모시잎), 동생이랑 손을 잡고 처음 가보았던 동네 끄트머리의 대추나무가 서 있던 공터.

이제는 그 시간들에서 멀어진 어른이 되어, 길을 걷다 어린이를 만날 때에야 나의 어린 시절을 더듬어보곤 한다.

그림 작업을 맡은 어린이책 원고에서도 어린이를 만난다. 길에서 만나는 어린이가 사물이나 풍경에 있다면 원고 뭉치에서 만나는 어린이는 표정과 걸음걸이, 눈썹의 움직임, 웅얼거림, 외침, 가방에 달려 흔들리는 인형, 웅크린 어깨에 있다.

길보다 종이에서 어린이를 조금 더 가까이 느낀다. 웅크린 어깨를 그릴 때면 내 어깨도 한껏 작아지고 토라진 입술을 그릴 때면 내 입도 삐죽, 눈썹이 축 처지면 내 눈썹도, 신나게 달려가면 연필을 쥔 내 손도 쭉 나아간다.

질투하고 화내고 그러다가 슬며시 웃고, 곧 활짝 웃어버리고 마는, 사랑을 바라는, 사랑을 담뿍 주는 그 마음들이 말갛던 때에서 조금씩 멀어지는 동안 어른이 된 나의 마음은 죄다 옅어지거나 탁해져버린 것 같다. 어린이를 그릴 때면 내 안의 저기 어딘가 깊은 곳에 말간 어린이가 그대로 있음을, 어른인 나도, 어린이었던 나도 모두 다 나임을 알게된다. 그럼 나는 다시 씩씩해진다.

궁금한 게 생기면 질문을 해야지. 길 끄트머리에서 조금 더 걸어가 무언가를 처음 만나봐야지, 그러다 무서움이 밀려오면 무서워해야지, 그리고 다시 걸어야지, 별일 없는 편지를 써야지. 슬프면 이불을 뒤집어쓰고 그 안에서 실컷

울어야지, 그러다가 이불 밖으로 슬쩍, 얼굴을 내밀어 퉁퉁 부은 눈과 가벼워진 마음으로 일어나 세상과 화해해야지, 그리고 꼭 안아야지.

우이선

수유에 사는 친구 집에 가며 우이신설선을 타는 것을 좋아한다. 우이신설선은 2량 무인 경전철로 기관실이 없기 때문에 맨 앞에나 맨 뒤에 서면 전면 창으로 전후방을 구경할 수 있는데 그것보다 그 자리에 서면 노인석에서 하는 말을 엿들을 수 있는 것이 좋다. 나는 전방을 구경하는 척하며 앞쪽의 노인석 구석 빈자리에 가서 선다.

도선사에서 된장을 파는데 거기 된장이 그렇게 맛있어요.

도선사에서 된장을 팔아요? 나도 언제 가봐야겠네.

여기서는 된장 이야기를 하고, 저기에서는 큰 백팩에 이것저것 넣고 수원의 딸 집에 갔다가 돌아오는 나이 지긋한 어머니에게 다른 어머니가 이야기한다.

지들은 지들대로 살고 나는 나대로 살아야 해요.

근데 나는 들기름, 참기름은 좋은 거로 갖다 놓아요. 가져다 먹으라고.

그 옆에 앉은, 머루나무를 심었다는 사람에게 머루나

무를 심어봤던 사람이 얘기한다.

머루는 잘 열지도 않는데 왜 심었어…. 잎 떨어지면 하수구 내려앉아.

짤라부러야지. 머루 열려도 못 따 먹어. 쩌기 위에 열려서.

된장이나 딸이나 참기름, 머루나무, 무릎 이야기를 하다가 누군가 자리에서 일어나면 건강이 최고야, 건강해요. 하고 방금 만났지만 이제 다시 마주치지 못할 확률이 높은 이에게 인사를 건넨다.

그 인사는 따뜻하기도 하고 슬프기도, 힘차기도 하다.

친구의 집에 도착해서 친구에게 전철에서 들은 시시하지만 진짜 재밌다고 생각하는 참기름, 들기름 이야기를 들려주면 친구는 그걸 또 나만큼 재미있어한다.

친구가 우이신설선 가오리역 7분 거리에 있는 그 아파트에 계속 산다면 좋겠다.

어디서든 강이 보이는 건 아니라서

드라마 속에서 서울 사람들은 고민이 있을 때면 차를 끌고 강변으로 가서 한강을 바라보던데. 섬에 산다고 어디서든 바다가 보이는 것이 아닌 것처럼 서울이라고 어디서든 한강을 볼 수 있지는 않았다.

강을 지날 때면 바다를 마주한 것처럼 좋았다.

도시의 바다

쭉 뻗은 도로의 끄트머리,
저기쯤에 바다가 있을 것 같은 곳이 있다.
제주에서는 그런 곳에 늘 바다가 있었으니까.
바다의 정수리가 빼꼼 보였으니까.
"바다다."
하게 되는 곳.
우리는 섬에 사니까
와-! 바다다! 하지 않고, 바다다. 했던 곳.
거기에 바다를 그려 넣으면
어디에선가 바다의 짠내가 난다.
벗어날 수 없을 것 같고, 답답해하던 바다였는데
거기에 바다를 그려 넣으면
이상하게 왠지 마음이 시원해진다.

한강

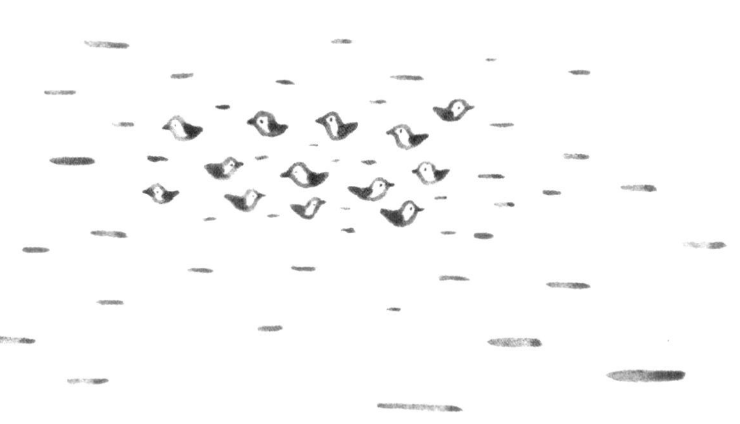

반짝이는 것 위에 모여 앉는 일.

유리

반짝이는 것을 반짝이게 하는 일.

드로잉

같은 머리 스타일을 한 일행,

바쁜 사람,

생각이 많은 사람들은 거리를 빠르게 스쳐 가지만

종이 위에서 겹쳐진다.

시선을 끄는 건 아름다운 사람이지만

종이 위에 남는 건

평범한 사람,

독특한 사람,

푹 꺼진 눈의 무료한 사람.

엄마의 문자 메시지 ②

오늘 택배 보낸.

밤호박 보낼까.

미역국 끓여 먹언?

오늘 김치 보낸.

양념 있어?

한라봉 도착 안 핸?

돼지고기는 있어?

오늘 김치 보낸. 내일 도착. 고구마도 1개 보낸. 구워 먹어.

시장에서 귤 사서 내일 부칠거.

1042 xxxx 3696 롯데택배

고추장 양념 만들었는데 잊고 안 보낸.

참기름 있어?

귤 맛있어?

김치 다 먹언?

사랑

서울에 왔다가 제주에 다시 돌아가는 엄마 편에 보낼 조카 선물로 공룡 인형을 사야겠다 싶어 마트에 다녀왔다.

과대 포장된 세트의 포장을 뜯어 공룡만 가지고 가면 짐이 줄어들 텐데 포장 뜯는 즐거움을 선물하고 싶던 엄마는 트렁크의 거의 전부를 공룡 세트에 쓰고 남은 짐은 백팩에 욱여넣었다. 무거운 백팩을 메고 공항으로 향하는 엄마의 가벼운 발걸음은 사랑으로 향하는 발걸음이었다.

커다란 포장을 뜯는 기쁨을 만끽한 조카는 공룡 세트 안에 있는 크고 작은 공룡 중에서 제일 작은, 자기 새끼손가락만 한 '브라키오사우루스'를 제일 좋아해서 어린이집에 갈 때도 그 공룡을 주머니에 넣고 간다고 했다.

제일 작고 볼품없는데도 많은 것들 중에서 그것을 알아보고 아끼는 것도 역시 사랑이겠지(기린도 유니콘도 좋아하는 걸 보면 조카는 아마도 목이 긴 것이 좋은가 보다).

꼬물이 조카가 어느새 세 살이 되어 취향이란 게 생기고

편애하는 것도 생겼다니. 조카는 앞으로 얼마나 많은 사랑하는 것의 목록을 가지게 될까. 그 목록은 아주 길어 목록 안의 것들을 마음껏 마음껏 사랑하고 그것들에게도 사랑을 받을 수 있다면 좋겠다.

요새 브라키오사우루스에게 가족을 만들어주고 싶은 조카는 전화할 때마다 "이모! 엄마 브라키노, 아빠 브라키노 사와야 대애!" 소리치며 당부한다.

얼마 안 되는 돈으로 '가족'을 만들어줄 수 있다니. 쇼핑몰 검색창에 브라키오사우루스 대형, 중형을 검색한다. 조카는 핑크도 사랑하니까 검색 옵션에 핑크를 체크하고서.

시간은 어디 살고 있을까

채도가 조금씩 다른 마른 장미색 무늬가 섞여 있는 조끼를 입고 있는 엄마의 뒷모습이 보인다.

언니에게 물려받은 연한 하늘색 책상과 낡은 책꽂이, 책상 위의 뚱뚱한 모니터, 프린터, 스탠드, 펜을 꽂아놓은 유리컵, 코코어, 루시드폴 이름이 언뜻 보이는 CD들, 모노륨, 커튼, 벽지 같은 것들이 내가 떠나기 전 그대로인 방에 앉아 엄마는 마른걸레로 방바닥을 훔치고 있다.

이상하다, 그럴 리가 없는데. 낡은 책상은 이제 더 이상 물려받을 사람이 없어서 버린 지 오래고 모니터도 이제 없는데, 책꽂이에 꽂힌 책들도 그대로인가 들여다보려고 책꽂이에 손을 얹는 순간 파스스, 검은 재가 되어 쏟아져 내린다.

만지면 바스러져 사라지는 가짜임을 알면서도 꿈속의 엄마는 우리가 아무도 떠나지 않았던 때의 방에 혼자 남아

걸레질을 하고 있었다.

떠나올 때 떠난다는 생각보다 어딘가로 향한다는 생각에 조금은 들뜬 마음으로 짐을 쌌었다. 짐 정리에 분주한 나를 보며 나도 갈까? 장난스럽게 얘기하던 언니의 말에 필요 없져, 다 가불라. 하며 돌아누워 등을 보이던 엄마의 모습이 선했다.

아무도 없는 조그만 원룸에서 꿈을 꾸고 일어났던 그 아침에서야 집을 떠났다는 의미를 알 것 같았다.

언니가 여름방학을 집에서 보내고 다시 학교로 돌아가는 날, 비행기 출발 시각이 되면 어린 나와 동생은 북쪽 방의 창가로 달려가 창을 열치고 하늘을 바라보았다. 우우웅 소리가 먼저 들리고 하늘 위로 작은 비행기가 떠오르면 우리는 손을 흔들면서 마음속으로 언니 건강해, 잘 지내.

또 만나. 같은 인사를 건넸다. 그날의 기억 속에서 엄마의 얼굴을 떠올리려고 해도 엄마는 끝내 얼굴을 보여주지 않는다. 피아노 위를 마른걸레로 훔치거나 부엌 싱크대 앞에서 무언가 씻고 만들던 분주한 뒷모습만이 떠오르는데 그 분주함이 우리에게 눈물을 보이지 않으려던 것임을 어린 나도 알고 있었다.

우리가 탈 커다란 고무보트를 어깨에 메고 여름 햇볕에 뜨거워진, 울퉁불퉁한 갯바위를 성큼성큼 걸어 바다로 향하는 엄마의 뒷모습은 늘 커다랬지만 비행기가 떠오르는 날의 기억처럼 아주 여리기도 했다.

시간은 도대체 어디 숨어 있을까
단 한 번만 붙잡고도 싶은데
언젠가 나 너를 보게 되는 그날에
내 작은 상자 안에 널 넣어둘 거야 이렇게 (…)

세월이 흘러 주름이 지면 네가 말해주겠지
난 언제나 항상 너와 함께했다고
다만 네가 몰랐던 것뿐이라고

김진표가 노래했던 〈시간을 찾아서〉 가사처럼 '시간'은 매일같이 달려가버리는 것 같지만, 실은 언제나 나와 항상 함께하는 것이 아닐까. 그래서 그 밤에 지난 시간을 잊고있는 것 같은 나를 찾아와준 것인지도 모른다. 엄마의 작아진 등을 어루만지며 이제 나의 뒷모습이 커다래질 시간이다. 여린 마음이 들키지 않게.

왼발 행복 오른발 괴로움

하루 안에 행복도 있고 괴로움도 있다. 왼발 행복, 오른발 괴로움 수준으로 행복과 괴로움이 왔다 갔다 한다.

지난주, 노트북에 커피를 쏟아 수리센터에 노트북을 맡기는 것은 너무나 괴로웠는데 전화기 너머로 센터의 수리기사분의 말을 듣는 것은 너무나 즐거웠다.

침수는 전자 기기가 겪을 수 있는 극상의 고통입니다.

큰 일을 겪었지만 살아나고자 하는 의지가 강한 것 같습니다.

우리가 열심히 했다기보다는 어떻게든 살려고 발버둥치는 아이들이 있습니다. 오늘 밤이 고비고요.

19만 원의 수리비는 괴로웠지만 전자 기기를 생물처럼 진지하게 대하며 하는 말은 즐겁기까지 해서 조용히 큭큭대면서 말들을 옮겨 적었다.

다시 멀쩡히 돌아온 노트북 앞에서 19만 원은 잊고 나는 다시 행복해졌다(19만 원이 190만 원이었다면, 1,900

만 원이었다면 달랐겠지만). 그러다 멀쩡해진 노트북을 앞에 두고도 일의 진도가 나가지 않아 다시 괴로워졌고, 에잇 모르겠다 하고 자리에서 일어나 구운 식빵이 바삭하고 노릇하게 잘 구워져서 또 행복해졌다.

19만 원에 견줄 수 없는 괴로움이 찾아오면 눈물을 흘리고 옆에 누운 나의 고양이가 코를 드르렁드르렁 골면 다시 또 금방 씨익 웃는다.

왼발, 왼발, 왼발을 구령하면서 걷는 행군처럼 왼발의 행복, 행복을 외치며 오른발의 슬픔은 소리 내지 않은 채 나에게 찾아온 '행복'만을 외치며 걸어도 되는 걸까. 조그마한 행복들에 만족하고 정작 내가 들여다봐야 하는 커다란 슬픔과 괴로움을 외면해버리고 있는 것은 아닐까.

바삭하고 노릇하게 구운 식빵 같은 것에 마음이 금세 행복으로 기울어지는 것은 좀 잘못된 건가 생각이 들어 친구에게 나 이상해? 하고 물었다.

잘 구워진 식빵 너무 좋아.

식빵이 잘 구워지면 행복하고

잼이 잘 발라지면 귀엽고

달걀후라이 잘 되면 기특해.

나도 그렇던데?

그 말을 들은 나는 다시 행복해졌다.

식빵, 좋아.

잼, 귀여워.

후라이, 기특해.

친구, 다정해.

거기 서! 하고 슬픔과 괴로움이 내 앞을 막아설 때까지 당분간은 왼발의 행복을 외치며 걸어보겠다.

창 안에서

저쪽 운동장에서 재잘거리는
아이들은 어른이 되면
이 도시를 어떤 모습으로 기억할까.

창가에서 본 것

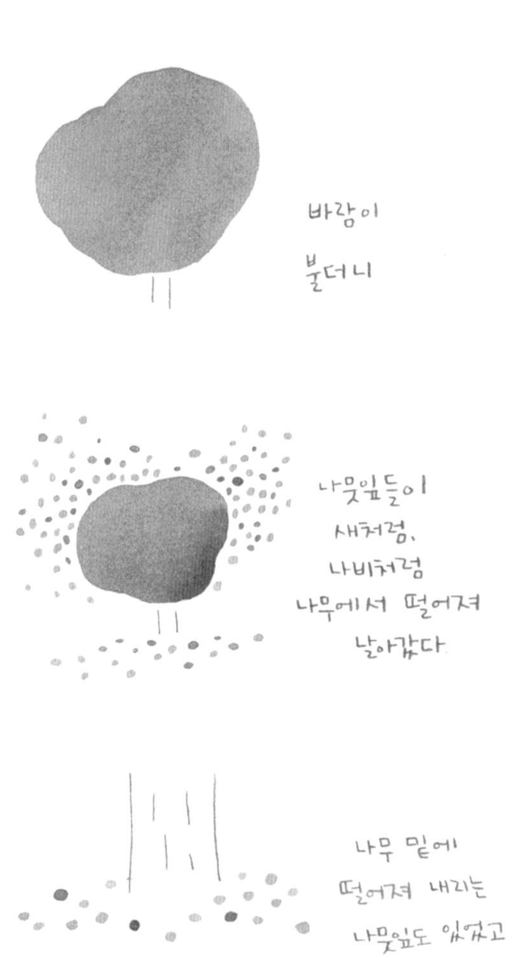

나
저기까지
꼭 가 보고 싶었어
하는 듯이
대도로를
건너는
나뭇잎도
있었다

그 나뭇잎을
보면서
걸어가는 사람.

그 사람을
보고 있는
사람도
있었다.

수수수

늦은 밤, 그림을 그린다.

창밖에는 소나기가 내리고 있다.

큰비가 온다고 누구에게도 얘기하지 않고 창문을 아주 조금만 열어 젖은 도로 위를 지나는 자동차 바퀴 소리나 수수수 비가 내리는 소리를 들으면서 다시 그림을 그린다. 지금 깨어 있고 비가 오고 있는 걸 알고 있는 건 나와 나의 고양이뿐이다.

심심한 것을 골랐다

목적 없이 장을 보았다.

심드렁한 마음으로 두부, 계란, 탄산수, 땅콩, 바게트를 샀다.

요즘의 나처럼 심심한 것들만 골라서 샀네, 생각했다.

그래도 탄산수는 톡 쏠 것이고 두부는 부드럽겠지.

계란은 소금이나 굴소스, 들기름을 만나면 얼마든지 맛을 가질 것이다.

하려고 했던 일은 절반밖에 하지 못했다.

아이라이너
칫솔 2개
핸드크림 2개
두부 한 모
취나물

올리브영 세일

나갔다가 들어왔는데 오늘이 올리브영 세일 마지막 날이란 게 생각나서 다시 아무거나 걸쳐 입고 나갔다. 칫솔을 사러 갔는데 아이라이너, 핸드크림 두 개도 사고 말았다.

오는 길에 마트에 들러서 부침 두부 한 모랑 요새 취나물이 향긋하고 부드럽길래 취나물 한 팩도 샀다. 두부 한 모 1,000원, 취나물 한 팩에 1,090원이었다.

집 앞에 있는 허리 운동기구에 올라가서 허리가 아니라 뭉친 어깨를 풀었다. 그저께 작업하면서 뭉친 어깨가 풀리지 않는다. 정말 그날의 피로는 그날에 풀어야 하는구나.

하늘에 눈썹달이랑 별이 두세 개 보였다.

미세먼지 없어서 좋네 했다.

당일 버스 여행

4월의 첫날, 오늘 개막하는 꽃의 향연, 군항제의 도시, 진해로 가보겠습니다. 이○○ 씨, 안녕하세요. 벚꽃이란 게 만개했을 때는 만개했을 때대로 멋있고, 질 때는 질 때 대로 다 멋이 있는 건데 우리 이○○ 씨는 언제를 제일 좋아하세요?

꽃이 흩날릴 때 느므느므 아름답습니다. 이거는 눈이 온다 해도 그렇게 아름다울 수가 없을 건데예. 정말 아름답습니다, 그거는… 아, 말로 표현할 수가 없어예.

4월의 첫날, 아침 라디오를 듣다 s에게 전화를 걸었다.

기나긴 겨울과 기나긴 여름 사이, 꽃이 폈다 지는 길어야 일주일인 그 시간에 우리가 할 일은 꽃 보러 가자고 누군가를 꼬시는 일인지도 몰라. 아침 라디오의 진해 시민 이○○ 씨는 나를 꼬셨고, 나는 s를 꼬셨다.

할머니가 여행사의 당일버스여행 상품으로 버스를 타

고 친구분들이랑 종종 지방 여행을 다니셨다고, s도 이용해보았는데 꽤 괜찮다며 당일 진해 자유여행, 왕복 29,900원짜리 버스를 타자고 했다.

○○투어 섬진강행인가요?
섬진강이요? 뒤쪽으로 가보세요.
○○투어 진해행 버스입니다. 탑승해주세요!

아직 밤처럼 깜깜한 새벽 6시 20분 교대역 정류장, 누군가는 출근 버스를 기다리고 누군가는 남쪽으로 가는 버스를 기다린다. 버스가 남쪽으로 내려갈수록 봄에 가까워지는 것처럼, 남쪽에서 봄이 우리를 마중 나오는 것처럼 잎괴 꽃을 피운 나무들로 창밖이 밝아져왔다.

버스는 4시간을 달려 11시, 진해에 닿았다. 터널을 빠져나와 진해에 들어서면서부터 길가의 벚나무들이 모두 꽃

〈버스 임시 주차장 뒤편의 오래된 독일가문비 나무 아래에서〉

을 피우고 있어 꽃으로 덮은 지붕 밑에 있는 것처럼 아늑함이 느껴졌다.

우리는 간단히 점심을 먹고 경화역으로 향했다. 철길을 에워싸고 서 있는 아름다운 벚꽃을 바라보다 인파에 치이다 우리는 철길 끄트머리로 빠져나와 조용한 마을 길을 산책했다. 꽃은 드문드문이었지만 골목길의 봄 햇볕이 따뜻했다. 뒤편의 진해중앙고등학교 교문으로 이어지는 길을 걸어보고 담벼락 너머 빨랫줄에 걸린 분홍색 꽃무늬 이불, 아주 작은 아이의 옷을 가만히 보았다.

여행지에서 현지인의 뒤를 쫓으면 의외로 좋은 곳에 닿을 때가 많았기에 골목길을 따라 이리저리 걷다가 색색의 등산복을 입고 어딘가로 향하는 사람들 뒤를 쫓았다.

마을 길은 장복산으로 향하는 호젓한 등산로로 이어졌다.

등산로의 야트막한 오르막을 오르다 돌아보니 역에서

는 보이지 않던, 진해항에 정박해 있는 크고 작은 배들이 멀리 보였다. 앞쪽으로 바다가 내려다보였고 우리의 뒤로는 아직 벚꽃만 하얗게 피어 있는 장복산이 바다와 도시를 두르고 서 있었다.

진해라는 도시는 반짝반짝하는 바다와 반짝반짝하는 벚꽃 사이에 안겨 있는 곳이구나. 바다가 내려다보이는 저기 볕이 잘 드는 빌라에는 누가 살고 있을까. 그 사람은 어떤 일을 할까. 저쪽 운동장에서 재잘거리는 아이들은 어른이 되면 이 도시를 어떤 모습으로 기억할까.

벤치에 앉아 바다와 벚꽃을 한참 바라보았다.

자유 시간 3시간은 끝나가고 이제 다시 버스를 타고 서울로 돌아가야 할 시간이 다가오고 있었지만 '올봄의 벚꽃은 이만하면 됐다.'는 마음이 찾아왔다.

벚꽃은 충분했어도 진해는 아쉬워 버스 주차장으로 가는 길에 중앙시장으로 향했다. s는 여행 중에 꼭 시장에 들러 가족들 선물을 사곤 한다. 집에서 기다리는 사람을 생각하는 마음이나 이곳의 것을 가지고 돌아가 여행이 조금 더 연장될 때의 기분을 나도 s에게 배웠다. (속초에서 멀어진 곳에서 속초 중앙시장의 닭강정 박스를 들고 걸어가는 기분이 좋다. 모르는 사람이 손에 들린 박스를 흐뭇하게 바라보며 속초 다녀오시나 봐요? 인사를 건네기도 한다.)

멍게가 제철이야, 한 다라에 만 원, 아주 맛있어.

신문을 읽고 있는 과일장수 할아버지, 금귤나무, 열대과일 같은 제철의 멍게, 가지런히 놓여 있는 대파와 부추를 구경하고, 나는 돌김 한 봉지를, s는 바지락탕을 해먹겠다고 바지락 한 봉지를 샀다.

다시 서울행 버스.

까만 밤의 고속도로를 달리는 버스가 덜컹거릴 때마다

s의 까만 봉지 안에서 바지락 껍데기가 달그락달그락 소리를 냈다.

봄의 스팟

운동기구가 설치된 블럭 틈으로 잡초가 삐죽삐죽 솟아 있었다. 칠쭉 덤불에서 꿀을 모으는 벌 소리만 우웅 들려오는 인적 드문 저수지의 수변 공원을 걸었다.

강원도 소도시에 살고 있는 언니를 찾아간 휴일이었다.

연두가 초록이 되는 게 너무 예쁘다, 하고 말하긴 했지만 저수지 위로 설치된 데크를 걷는 사람 하나 없는 것이, 보아주는 이 없이 노란색이며 보라색 꽃이 피어 있는 것이 쓸쓸한 곳이네, 생각하며 이곳처럼 어딘가에 있는 쓸쓸한 곳들을 그려보고 있을 때였다. 엄마와 딸로 보이는 두 사람이 가벼운 발걸음으로 우리를 앞질러 걸었다. 단출한 차림으로 보아 근처에서 산책을 나온 것 같았다. 두 사람은 데크 끄트머리에서 이어지는 둑길로 올라 빠르게 걷다가 저만치 앞쯤에서 몸을 구부리고 무언가를 뜯기 시작했다. 무얼 뜯나, 고개를 숙여 바라본 내 발치에 쑥들이 고개를 내밀고 있었다.

우리도 쑥 뜯어서 저녁에 튀겨 먹을까? 말하면서도 침이 꼴깍 넘어갔다. 두 사람이 쑥을 뜯는 저 앞쪽이 이 동네의 쑥 스팟이 분명하겠지만 봄의 고사리 스팟, 달래 스팟, 쑥 스팟이 얼마나 예민한 정보인지 아는 우리는 둑에 앉아 흔들리는 물결을 바라보며 그들이 쑥을 다 뜯고 일어서길 기다렸다.

두 사람이 일어나 공원 출구 쪽으로 가볍게 걸어 나간다.

그들이 한창 몸을 낮추었던 곳은 역시나 둑 가장자리로 여린 쑥이 그득한 '쑥 스팟'이었다. '누가 함부로 쓸쓸하대?' 하는 듯이 봄이면 부드럽고 향긋해지는 그들만의 확실하고 소중한.

언니, 아는 사람 하나 없이 외롭지 않아?

이전하는 직장을 따라 이 도시로 이사하는 언니에게 물었던 때에서 어느덧 6년이 흘렀다. 언니는 이제 여기에 아

는 사람이 많고 여기에 올 때마다 우리를 데려가는 단골 식당도 생겼다. 도시를 빈틈없이 에워싸고 있어 답답해서 죽을 것 같다던 높은 산에 올라 겨울이면 보드를 탄다(그러고 보니 언니는, 답답해서 죽을 것 같다던 제주 바다를 건너 여기에 와 있다).

겨울밤 퇴근을 하고 보드 타러 가던 밤이면 늘 결빙 상태였다던 도로는 눈이 닿는 곳마다 연둣빛으로 가득했다.

덩그러니 서 있는 언니의 아파트, 8층 복도 끝 집으로 돌아와 현관문을 열고 냉장고 문을 열었다. 누가 외롭대? 하는 듯이 각종 밑반찬이 담겨 있는 반찬통, 배와 대추를 달인 물이 담긴 유리병이 냉장고 램프의 주황빛 아래에서 가지런히 빛나고 있었다. 외롭지도 쓸쓸하지도 않은, 포근하게 가지런히 빛나는 언니의 스팟이었다.

냉장고에서 꺼낸 차가운 물을 부침가루에 부어 적당한 농도로 풀어 쑥을 담갔다가 적당한 온도로 끓는 기름에 지글지글, 노릇하게 튀겨지는 쑥향과 씻고 나온 사람의 샴푸향이 언니의 집을 채웠다. 튀김가루가 없어 부침가루로 튀겨서 간장 소스 없이도 간이 딱 맞았다.

향긋하다, 맛있어, 뜯어오길 잘했네, 더 뜯어올걸 그랬어.

갓 튀긴 바삭한 쑥튀김과 함께 시원한 맥주를 마셨다.

부침가루로 튀긴 쑥튀김처럼 모든 것이 적당했던, 향긋하고 바삭하고 가지런한 봄의 스팟으로 기억하게 될 오월의 휴일이었다.

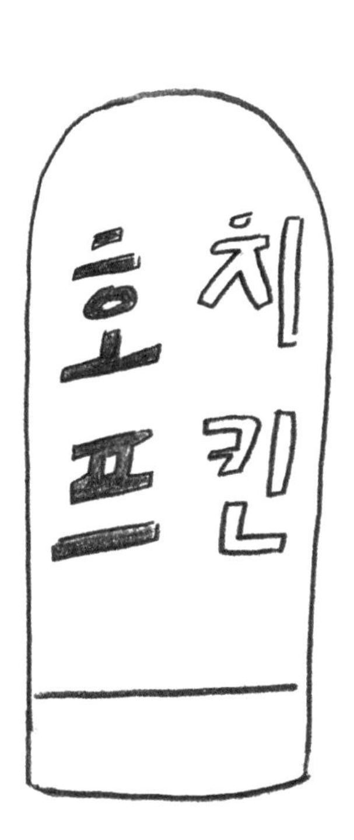
치킨
호프

모르는 곳

나는 지금 저녁 늦게 여행지에 도착해서 숙소 근처를 탐방하는 거다, 스스로 주문을 걸면서 (손에는 웬일인지 음식물 쓰레기 봉투가 들려 있었지만) 집을 나섰다.

두리번두리번.

내일 아침밥은 어디서 무얼 먹으면 좋을까 식당의 메뉴와 북적임과 향을 하나하나 살피면서 중심가 쪽으로 걷는다.

낯선 수종의 나무를 지나 에어라이트에 쓰인, 그림 같은 글자와 이곳의 기온과 나무와 사람과 건물, 모든 것을 모르는 척하면서.

섬으로부터

어? 안 오는 줄 알았잖아.
보고 싶었잖아.

질문의 책

비행기에서 파블로 네루다의 『질문의 책』을 펼쳤다.

내가 최근에 했던 질문은

'창가 자리를 요청했는데 왜 벽 자리에 배정받은 거지?'

였는데.

누군가는 이렇게 아름다운 질문을 하고 있었다.

밤 비행기에서 본 것

김포에서 제주로 가는 마지막 비행기에 앉아, 피곤했지만 잠이 오지 않는 말똥한 눈으로 창밖을 보던 때였다. 목포쯤이었을까. 깜깜함 사이의 반-짝 반-짝, 불꽃놀이였다.

지상에서 올려다보던 불꽃놀이는 커다란 소리와 함께 형형색색의 모양으로 하늘을 가득 채웠었는데, 공중에서 내려다보는 불꽃놀이는 어둠 속에서 아주 작은 실반지 모양으로 나타났다가 사라지고, 다시 나타났다가 사라졌다. 불이 확 붙었다가 쉭 하고 금방 사그라드는 젖은 성냥 같기도 했다.

어찌 보면 시시했지만, 작게나마 반짝이고 있는 폭죽도 그 나름대로 아름다웠다. 멀리 어둠 속에서 소리 없는 폭죽이 터질 때마다 저것 좀 보세요, 하고 옆자리에 앉은 모르는 사람의 어깨를 흔들고 싶은 마음을 꾹 참았다. 나는 입술을 작고 동그랗게 오므린 채 창 너머로 끝나지 않는 불꽃놀이를 바라보았다.

비행기가 남해로 들어설 무렵, 섬들이 보이기 시작했다.

나도 섬으로 가고 있으면서 까만 바다 위에 홀로 떠 있는 섬이 보이면 그 모습이 심심하고 외로워 보여서 어쩌나 싶었다. 섬을 둘러싼 점점이 불빛 사이에서 등대의 불빛은 빛의 중심이 촛불처럼 미세하게 흔들거렸다. 불빛이 비행기에서 내려다보이는 오른편 바다의 수면을 비추었기 때문에 작고 하얗게 흔들리는 빛이 등댓불이라는 것을 알 수 있었다.

섬을 가운데에 두고 컴퍼스를 크게 그은 것처럼 등댓불은 섬 앞의 바다 멀리멀리까지 닿아 까만 물결을 하얗게 비추었다. 나는 다시 입을 작고 동그랗게 오! 오므리고 회전하는 등댓불이 오른편 수면을 비추길 기다렸다.

완?

겨울바람

버스에서 내려 길을 건너 내리막길을 걷는다. 내리막이라 캐리어는 가볍게 미끄러지고, 마침 바람이 불어온다.

겨울의 한가운데지만 봄이 섞여 있는 바람이다. 서울에서는 봄이 너무 먼 이야기처럼만 느껴졌는데, 제주의 봄은 바람의 속도만큼 이쪽으로 달려오고 있는 게 느껴진다. 쌩쌩 불어봤자 매섭지 않은 이곳의 겨울바람이 귀엽다.

길 끄트머리에서 왼쪽으로 돌아 조금만 걸어 집에 도착하면 문을 슬며시 열고 "짱아!"하고 부른 후에 캐리어만 남겨둔 채 호다닥 기둥 뒤로 숨을 것이다. 내 목소리를 들은 짱아는 마당으로 뛰쳐나와 분명 있는데 없는 나를 찾아 여기저기로 뛰어다니며 동네가 떠나가라 짖을 것이다. 나는 한 번쯤 짱아! 하고 더 부른 후에 기둥 뒤에서 나타나야지. 그럼 짱아는 나에게로 달려와 어디 갔다 왔어! 어? 어? 안 오는 줄 알았잖아, 보고 싶었잖아. 매달리고 드러눕고 다시 달려들면서 오줌을 찔끔 눌 것이다.

다시

비파는 온데간데없고

이제는 무화과

좀처럼 무엇에도 정착하지 못하던 임대 문의에는

흑돼지 수제 돈가스

몇 달째 걸려 있던 거짓말쟁이 폐점 정리 현수막은

텅 비워진 가게 위에서 진짜가 되어 있고

비어 있던 점포는 조명 가게가 되어

천정에서 내려온 낮보다 환한 빛들이 나란히 나란히

260번 버스

언제나처럼 비자림 방향에서 오는 260번 버스에 올라 맨 앞 좌석에 앉아 작업실로 가던 길, 버스 안의 라디오 볼륨이 지나치다 싶게 높아진다. 힐끔 바라본 운전석, 룸미러에 비친 버스 기사님의 눈이 반달 모양으로 웃고 있다. 이어폰을 빼고 라디오 방송에 귀를 기울인다.

지도 한 장만 가지고 제주에 와서 비자림을 찾았던 용인에 사는 32살 김○○ 님의 사연이 〈양희은 서경석의 여성시대〉 방송에서 흘러나오고 있었다.

수령이 500~800년인 비자나무 2,800여 그루가 하늘을 가리고 있는 숲, 울창하지만 거만하지 않은 숲, 구불구불 이어지는 걷기 좋은 길로 느리게 걷는 중에 숲 사이로 비치는 햇빛, 한 평 정도의 하늘만 올려다보이는 나무 사이로 걸었던 사연에 나 역시도 좋아하는 비자림의 풍경이 그려진다.

사연에 이어 양희은, 윤종신의 〈배낭여행〉이 흘러나온다.

행복은 또 어디에

왜 모든 소중한 것들은 우리 눈에 안 보이는 걸까

제자리에 머물면서 왜 알 수 없는 걸까

멀리멀리 떠나야만 왜 내가 잘 보일까

노래가 끝나고 서경석이 양희은에게 묻는다.

또 떠나고 싶으시죠?

늘 떠나고 싶어요, 늘. 왜냐하면 늘 생방송을 하고 살기 때문에 그 시간엔 꼭 마이크 앞에 있어야 하잖아요. 그게 일이다 보니까.

비자림을 스치기만 하는 버스 운전사, 서울 한복판 방송국 안의 라디오 DJ, 일거리를 담은 배낭을 메고 작업실로 가는 나.

룸미러로 웃음 짓는 기사님의 반달눈이 보이고, 그 앞의 전면 창으로 아침의 햇빛이 쏟아진다. 양희은의 노래가 크게 울려 퍼지는 출근 버스에 앉아 우리는 모두 제자리에서 생방송 중이면서 여행 중이라는 생각을 했다.

〈배낭여행〉의 가사처럼 행복은 눈에 보이지 않고, 그것이 어디에 있는지 제자리에 머물면서 알 수 없는 것 같지만 쏟아지는 아침 햇빛처럼 맑고 투명한 행복이 우리 모두가 제자리에 있는 그 아침, 260번 버스에 찾아와 있음을 느꼈다.

섬에 있다

제주는 더 이상 내게 여행지가 아니어서인지, 이곳이 남쪽 섬이라는 사실을 종종 잊곤 한다.

바다 냄새, TV를 보는 엄마의 뒷모습같이 멀리서 그리워하던 것들이 이젠 가까이에 있고, 감탄의 대상이던 나무와 온도와 돌과 풍경은 익숙해졌다.

어느새 나의 얼굴도 심드렁해진다.

어느 낮, 커다란 사이렌과 함께 울려 퍼지는 대조류 주의 안내 방송이 조용한 동네를 깨운다거나, 집에서 조금 멀어졌을 뿐인데 바다가 눈앞에 펼쳐져 있을 때, 그 바다 건너 친구의 집이 끝없이 멀게 느껴질 때면 그제야 여기가 남쪽 섬이라는 것을 알게 된다.

여행을 하고 있다고 생각해본다.

숙소로 돌아와 씻고 누운 밤, 열 손가락을 펴고서 남은 여행 일수를 세어보며 구부리지 않은 손가락이 구부린 손가락보다 적음을 알게 되면 지나간 그제, 어제, 오늘이 아쉬워진다.

오늘 본 것들을 하나하나 떠올려본다. 빨간 고무대야에서 자라고 있는 소철, 코끼리 다리를 닮은 담팔수, 도로의 횡단보도를 건너면서 멀리 조그맣게 보았던 수평선, 불같이 자라고 있는 향나무 같은 이곳의 것들이 반짝인다.

여행을 기억하려면 기록을 해야 하니까 그것들을 종이 한 귀퉁이에 그림으로, 글로 남겨본다. 여행 중엔 고단하니까 대부분이 대단치 않은 끄적임이지만 종이가 한 장 한 장 늘어날 때마다 여행지에서 보낸 날들 속에 기억할 것들이 늘어난다.

반짝이는 바다, 겨울에도 초록으로 반짝이는 나뭇잎, 나무에 매달려 노랗게 반짝이는 귤이 '너는 지금 남쪽의 섬에 있어.' 라고 내게 말해준다.

쓸쓸했다가 귀여웠다가

1판 1쇄 펴냄 2022년 5월 31일
1판 2쇄 펴냄 2023년 6월 17일

지은이 김성라
펴낸이 손문경
편집 서윤후, 송승언
디자인 정유경, 한유미

펴낸곳 아침달
출판등록 제2013-000289호
주소 03980 서울시 마포구 성미산로 153-16, 2층
전화 02-3446-5238
팩스 02-3446-5208
전자우편 achimdalbooks@gmail.com

ISBN 979-11-89467-52-4 03810

* 책값은 뒤표지에 있습니다.